청어詩人選 272

날마다 걷는다

심은석 시집

도서출판 청어

시인의 말

햇살 같은 경찰의 꿈, 사람의 향기, 동행 동인지 등 내보며 문인협회에 등단한 지 10여 년 책을 펴내 본 지 여러 해가 흘렀다.

휴지통 파일에 뒹굴던 시어들이 아까워 책처럼 엮었다.

너무 부끄럽고 창피하기도 하지만 용기를 내 보았다.

사람은 시심이 있어 누구든지 시인이라 한다 하여 대담해졌다.

사람의 가슴속에는 누구나 시가 들어 있다. 그래서 언제나 가슴속에 빛나는 꽃 피울 수 있다.

시는 '이 땅의 가장 완벽한 알파벳' 아름다운 모국어인 한글로 표현하는 문학 중의 으뜸이라고 생각한다.

시는 멀리 있는 거창한 것이 아니라 평범한 삶의 현장이라고 생각한다.

사람은 누구나 착한 본성이 있어 누구든지 따뜻한 시인이다.

나쁜 생각도 시를 읽으면 버릴 수 있다.

경찰서, 유치장과 강력계, 파출소에서 도움이 필요한 분들에게 착한 시를 들려주고 싶다.

항시 범죄와 사고를 상대하는 고단한 경찰관에게 따뜻한 힘이 되었으면 한다.

경찰이 섬겨야 하는 모든 시민의 고단함에 조금이라도 위로가 되었으면 좋겠다.

아주 쉬운 시이기에 쉽게 읽고 바로 느끼시면 좋겠다.

34년 전 경찰에 입문하던 초심으로 돌아가 삶의 현장에서 만난 분들의 사랑에 감사한다.

때론 경찰관으로 살피지 못한 추운 분들이 너무 많아 부끄럽다.

이제는 밝은 꿈을 꾸며 어디로 가야할지 생각하면서 가야할 길을 날마다 걷는다.

2021년 봄꽃에서

심은석

추천사

문민 경찰 감성 경찰의 표본

나태주
(한국시인협회 회장, 풀꽃문학관장)

심은석 시인의 시들은 매우 다정하다. 말법이 살갑고 그 표현이 어렵지 않고 편안하다. 보통 시인들로서도 그것은 큰 장점이며 쉽게 이르기 어려운 영역인데 거기까지 간 것은 참으로 놀랍다.

오늘날 한국의 경찰이 많이 변했다는 걸 국민들은 실감한다. 문민 경찰에다 감성 경찰이다. 그렇게 아름답게 변한 한국 경찰의 핵심에 경찰시인이 있다.

심은석 시의 특징은 대상을 바라보는 시선의 따스함이다. 이 따스한 시선이 세상을 살린다. 세상을 맑게 하고 세상의 아픈 곳을 감싼다. 이것은 얼핏 사소한 일 같지만 매우 어려운 일이고 매우 커다란 일이다.

심은석 시인 같은 경찰관이 이 땅에 있다는 것은 우리의 자랑이고 우리의 위로이고 우리의 축복이다. 앞으로 당신의 인생을 축복하고 시업(詩業)의 융성을 기원한다. 더 좋은 시 많이 써서 사람들을 행복하게 해 주기를 바란다.

차례

2 시인의 말

5 추천사_문민 경찰 감성 경찰의 표본
_나태주(한국시인협회 회장, 풀꽃문학관장)

1부 산막이 옛길

12 노인의 저문강
14 천년 나무야
15 산이 걷는다
16 나이테
17 개미처럼
18 바위를 들고서서
19 동반자
20 고향길
21 아이들아
22 화선지에 그리다
23 게이트 볼장
24 암벽등반
25 설원을 그리며
26 깨달음
27 법法
28 산막이 옛길
30 오, 내 사랑 목련화
31 단풍잎 편지
32 쌍사자 석탑
34 산에는 꽃 피네
36 술이 흐른다
37 너도나도 부처님
38 경찰의 하루
39 늙은 쟁기
40 울지마라
41 송아지 오신 날

2부 오늘 오일장

44 비 온 날
45 부여의 미소
46 거기 산이다
48 금강 하구 둑
50 길 잃은 노루
51 날마다 금강을 건넌다
52 달빛을 입으며
53 철새가 길을 잃어
54 행복이란
55 세대차
56 너도 아팠니
57 세월
58 세상의 아내
60 산 그림자
61 그리운 사람아
62 황산벌 그 자리에
63 우리의 소원
64 그리운 엄니
66 아버지의 길
67 통성기도
68 내 조국, 내 나라
70 추풍령
71 님의 길
72 영동에 살지요
74 물이 걷는다
75 감나무 그림자
76 처음처럼

3부 달빛이 세상에 오신다

78 장에 가신 엄니
79 셋방살이
80 지렁이
81 너와 나
82 산이 좋아
84 걸어온 길
85 하늘 아래
86 봄바람
87 낙화
88 천년나무
89 가을아
90 천태산 은행나무야
91 엄니가 오신다
92 겨울산은 말이 없다
94 워낭소리
95 나무도 아프다
96 달빛이 세상에 오신다
97 아내의 시
98 경찰관의 기도
100 속리산에 오르다
101 마지막 봉양
102 시장 할멈
103 새벽은 온다
104 꽃 같은 그대
105 이방인 노동자
106 베트남 새댁
107 사람 사는 세상
108 봄
110 고요한 아침의 나라

4부 바람에 누워

112 날마다 걷는다
114 맛집 기행
116 가난한 귀향
117 뚬벙
118 행복한 시인
119 대청호수
120 할미꽃
121 노란 손수건
122 자연인이다
123 바람에 누워
124 대전의 달빛
125 공원에서
126 산골 빈집
127 오월에는
128 화석의 오후
129 백합조개탕
130 그냥
131 플로피 디스크
132 물의 궁전
133 커피는 사랑이다
134 천형天刑처럼

136 **해설**
『날마다 걷는다』 시세계
_피기춘(시인, 한국기독낭송협회장)

148 **시집을 축하하며**
_나태주(한국시인협회 회장, 풀꽃문학관장)

150 **에필로그**
차가운 땅 어두운 시간에
아름답게 빛나는 꽃 같은 혼
_성명순(시인, 경기문학회장)

1부

산막이 옛길

내가 한 그루 나무라면
비 오면 비 젖고
눈이 오면 눈 맞으며
그렇게 천년을 흔들리며
살아가는 나무였으면 좋겠다

노인의 저문강

구부정한 노인이 저문 날
위태로운 강물에서 다슬기를 잡는데
거센 물에도 흐르지 않는다

철갑보다 두꺼운 집 짓고
일어나 누웠다 하는 다슬기는
고단한 삶에 몸부림치는 노인처럼
물밑 바위틈에 꼭꼭 숨었다

어두운 강에는
반딧불 울음이 환해졌지만
노인네 밤눈에 까만 다슬기는 물속에 숨어 버리고
저녁 식사를 마친 다슬기가 미끄러진 것처럼
노인은 무거운 허리가 넘어져
올갱이 저녁밥을 기다리는 할멈의 집을 멀리로 바라보며
아무도 찾지 않는 강 아래에 미끄러져 엎어졌다

다슬기는 흐르는 물에 흔들리며
물속에 엎어진 노인의 등에서 잠들고
노인은 새벽 빛나는 햇살을 다시 보지 못하고
어릴 적 멱 감던 추억을 거품처럼 떠올리며
그곳에 영원히 잠겼다

다슬기국이 먹고 싶다며 끼우뚱대는 할범에게
강에 가서 올갱이 잡아 오라던 자신을 자책하며
할멈은 밤새워 눈물 흘렸다

천년 나무야

겨울은 춥지 않고
여름은 덥지 않고
당신은 천년 나무입니다

햇빛을 가리는 잎새
추위를 덮는 눈꽃
당신은 천년 소나무입니다

당신이 만든 그늘에서
온종일 지친 날개 접고
바람처럼 숨소리에 지치면
나뭇가지에 산새처럼 앉아
날마다 기쁜 노래 부르렵니다

비바람 치던 나뭇잎 사이
파란 하늘이 선물하신 열매를
당신에게 아낌없이 던져줍니다

산이 걷는다

무거운 고갯길에
산새 한 마리가
숲에서 날아오다가
물안개 그림자에 화들짝 놀란다

산 그림자는 노을 속에 붉어져서
하루 놀다 지쳐 떠나려는데
어디선가 먹구름 몰려오더니
오래 눈물 흘리신다

아래로 흐르는 물은
어딘가에 머물지 못하고 나무 사이 굽이치며
세찬 폭포로 흘러간다

땅 위에서 빛나는 꿈을 꾸지 못하고
무수한 별들이 스러지며
잠들 곳을 찾아 내려온다

나이테

나무는 푸른 옷을 좋아하지만
사람이 옷을 벗는 것처럼 벗기도 하고
옷 갈아입으려 뒤엉키기도 하고
옷걸이에 등걸처럼
무성한 푸른 옷을 걸치고
비가 오면 우산으로
해가 뜨면 지붕으로 푸른집이 지어지고
바람에 옷이 떨어져 나갈 때 맨살이 드러나고
추워서 덜덜 떨고 어두운 밤에 홀로 잠들지 못하고
하얀 눈 속에 묻혀 봄을 기다린다

그렇게 살아온 천년 세월을 나이테에 새겼다

개미처럼

개미는 앞선 놈, 위 놈
쉬지 않고 달린다
제 몸보다 몇 배 큰 짐을 지고 가는 놈이
앞선 놈 뒤에 간격도 줄도 틈 없이 따라가는데
오 밀리의 작은 몸뚱이가 그리 바쁘게 움직여
사십일 한계수명을 지탱하는 일생 양식을 얻는다

어디서 와서, 왜, 언제까지
어디로 가는지 어떻게 가는지
사람보다 부지런한 개미도 알 수 없다며
그저 앞선 개미 뒤따를 뿐이다

앞선 사람이 뛰면 뒤 사람은 날아서
무거운 짐 지고 쓰러지며 달리는데
팔십 킬로 사람은 팔십 년간
한계수명을 지탱하려 고단하게 움직였다

개미는 사십일
사람은 이만 구천 이백일
살다 죽는 것은
개미처럼 이리 저리 왔다 가는 것일 뿐
살아있는 모든 것은 땅에 묻히고 다시 새 생명이다

바위를 들고서서

내가 한 그루 나무라면
비 오면 비 젖고
눈이 오면 눈 맞으며
그렇게 천년을 흔들리며
살아가는 나무였으면 좋겠다

내가 무거운 바위라면
바람과 비가 불어도
움직이지 않는 거대한 산이 되어
멀리서 다가오는 사람들의 발자국을
귀에 대고 들었으면 좋겠다

동반자

우리 한 그루 나무 되어
뜨거운 햇볕 가려주는
시원한 그늘 만들게 하소서

우리 하늘을 나는 새가 되어
이 세상 어둡고 추운 곳에도 날아가
기쁜 소식 전하게 하소서

우리 따뜻한 달빛 되어
잠 못 드는 사람들의 포근한 이불 되게 하고
길 잃은 사람들의 등대 되게 하소서

우리 누구이며 어디로 가야 하는지
신성한 사명을 스스로 묻고 대답하며
긴 여행을 안내하는 민중의 지팡이

고향길

내 고향 오월에는
여름보다 먼저 청보리가 오는데
가시로 두건 쓰고 파란 하늘 차오르는 춤추면
땅위에 너보다 빛나는 꽃을 보지 못했다

내 고향 오월에는
푸른 보리 살랑대는 들판에 종달새 날면
새파란 춤으로 맞이하던 그리운 당신을 한없이 불러도
회색의 콘크리트는 말없이 누워있다

아이들아

세 아이가 내지른 묵 찌 바
누가 무엇을 냈는지
진 사람은 지고 이긴 사람은 이기고
더 지면 어때, 이겨도 좋아, 몰라 몰라요
하루 같이 있어 즐겁구나

아이는 어른의 아버지
아이들이 모른다면 아는 체 않아요
빛나는 눈빛이 흔들리지 않으니
세상에서 가장 아름답구나

화선지에 그리다

봄이 온다
흐르는 샘물가에 바위틈을 비집고
화선지에 먹빛 번지듯이 일어난다

봄이 노래한다
새들은 아침에 웃고 산짐승은 밤에 울며
겨우내 갇힌 굴속에서 따뜻한 햇살처럼 노래한다

봄이 떨어진다
해가 노을을 스쳐 산 아래 떨어지면
하얀 봄 편지를 들고 온 목련이 눈송이처럼 떨어진다

봄이 잠든다
울창한 푸른 그림자 아래로 숨으면
아무도 찾지 못하고
하얀 세상이 다시 부를 때까지 깊이 잠든다

게이트 볼장

햇볕 가득한 노인 네 분이
평생 만지던 망치처럼 장대 들고
사각형을 가로질러 덩실 춤을 춘다

과녁이 빗나가 넘어지고
눈높이가 침침한 안개에 밀리고
멀리, 가까이 저마다 옷 입고 덩실 춤을 춘다

살아가는 일은
정사각형의 게이트 볼장에서 크게 치거나 빗겨 치거나
저마다의 목소리를 내는 것임을
노인의 거친 입담은 알고 있다

석양에 노을지면 황금빛 들녘을 바라보며
마지막 골대를 향해 힘차게 때린
둥근 볼이 하늘과 땅 사이를 달린다

암벽등반

아빠 손을 잡으면 따뜻해요
아빠 손을 잡으면 부드러워요
아빠 손을 잡으면 사탕이 있어요
아빠 손을 잡으면 달리는 차가 서요
아빠 손을 잡으면 푸른산이 달려와요
가끔 아빠의 손을 놓치면
온 세상이 컴컴해요

꿈속에서도 아빠 손을 꼭 잡아요

설원을 그리며

늦은 밤 대전역에 내리면
오늘은 기차가 막차라며
쉬어가라는 할멈의 눈이 번뜩인다

밤새 구들에 허리를 비벼도
할멈의 흰 머리처럼 밤새 서리가 내리고
지저분한 소음에 새벽잠도 묻힌다

사람의 향기가 그리워
어느 낯선 역 선술집에 누웠지만
추운 사람들의 고단한 아우성만 들리고
그믐처럼 찬바람이 들창을 때린다

어디로 가는지 알 수 없는
덜컹대는 새벽 첫차에 다시 몸을 싣는다

깨달음

하얀 벽장에 숨겨진 황금이니
만지면 터질 것 같은 달님이니
솜이불 위에 새록 잠 들었니
벽장에 숨어 나쁜 꿈 꾸었니
내일은 세상 나가는 고운 꿈꾸니
언젠가 노란 날개 펄럭 꿈꾸니
무거운 벽장은 무섭고 두렵니
고단한 부리는 쪼아보지 못하니
노란 깃대는 하늘에 누운 별이니

법法

시냇물 흘러 흘러 어디로 가나
산과 들에 굽이굽이 풀꽃 틈새로
하얀 꽃 노란 꽃잎 봄바람에 실어
산동네 마을마다 꽃향기 보내네

시냇물 흘러 흘러 바다로 가나
푸른 수평선에 갈매기 날고
부서지는 파도가 밀려오면
저 멀리 사람 향기 고운 꿈 꾸네

산막이 옛길*

파란 하늘 내려앉은 호숫가에
구름 한 점 어디론가 달려가더니
백두대간에서 남한강까지 휘돌아
한반도처럼 펼쳤는데
나무숲, 기암괴석, 아, 온통 숲 잔치
여기, 산골짝 숲길
산막이 옛길이구나

어릴 적 고향 길
울 엄니 마실 길
맑은 날엔 나룻배 물길 따라
비 오면 빗길에 눈 오면 눈길에
추운 겨울 지나 다시 꽃피고 아, 온통 꽃 잔치
여기, 지상의 꽃길
산막이 옛길이구나

한 평생 세간살이 등지게 지고
허리 굽은 울 아비가
먹이 찾는 산새 따라 구비 구비 올라가시고
붉게 물든 산마루에 노을 지면
산 그림자 먼 마을로 돌고 돌아 내려오신 길

맑은 호수에 금빛 이불 차오르면
거기, 산이 눕고 숲이 잠들고
고단한 우리네 쉬어 가던 곳
여기, 천상의 산길
산막이 옛길이구나

*산막이길: 충북 괴산댐에 조성한 왕복 6㎞의 호숫가 산길임.

오, 내 사랑 목련화

수줍은 목련이 피울까 말까 망설이네
빛나는 햇살이 목덜미를 어루만지네
짧아 슬픈 봄날이 춤을 추며 오시네

하얀 속살이 붉게 보이는 수줍은 봄 처녀네
벗어놓은 속곳 위에 햇살이 속삭이네
떨어진 눈물방울이 하얀 꽃비로 내리네

단풍잎 편지

내가 산에 불을 질렀나요
파란 하늘이 붉은 산에 안겼네요
구름 하나 돛단배처럼 달려가네요
하늘에서 빛나는 별들이 내려 왔나요
타오르는 너는 얼마나 뜨거웠나요
얼마나 오랜 시간 비바람에 흔들렸나요
당신이 꽃비 뿌리면 나는 노란 눈물 흘리며
산골 빈집에 감춰둔 비단옷처럼 흩날리네요
빛나는 단풍잎에 온통 그리운 사연 적었네요

가을 바람에 날아가는 고운 단풍은
내 그리운 편지입니다

쌍사자 석탑*

충절의 고장
민족의 삶을 지켜준
속리산 법주사 금강문 지나
암수사자 열배 되는
큰 돌 향로를 이고 있다

천년 세월
비가 오면 빗물을 담고
눈이 오면 눈물을 담고
찬 서리가 몰아치면
매운바람을 담았다

아침에는 문장대가 걸린
산 그림자를 담았고
저녁이면 중생들이 넘나드는
일주문의 그림자를 담았다

반만년 역사의 질곡과
외침에 분연히 일어났던 용기와
고단한 삶의 아우성과
질펀한 보은 장터 노랫가락이 담겨
한 번도 무겁다고 하지 않았다

암사자는 들숨 날숨 인내하고
수사자는 갈기 세워 용감하여
사람이 세상에 나와 살다 죽고
다시 환생한다는
이러 저러한 민담을 만들며
이 땅의 선조들에게 웃음 주었다

하늘과 땅이 검고 해와 달이 기우는
세상이 만드는 빛과 그림자를
할멈, 할아범이 아범과 어멈에게 들려주듯이
어느 향 피는 날
거칠고 척박한 세상을 박차고
낮은 곳에서 어두운 곳에서
천년을 눌려온 민초들에게
포효한다

법주사 대웅전에는
암, 수사자 포효가 바람처럼 불어와
바위틈의 물 울음, 숲이 만든 새 울음을 잠재우며
세상살이 상처를 매만지고 있다

*쌍사자 석탑: 국보 5호로 충북 법주사에 있음.

산에는 꽃 피네

늙은 솔 한 그루
이고 진 눈발에
잔가지는 부러져 흔들리는
큰 바위 아래 절간에는
산 그림자 아직 누웠는데
훠이 훠이 매운바람이
허물어진 공양 아궁이를
휘도는 누런 연기되어
눈송이와 흩날린다

아기 동자는 아궁이 그을음 사이로
군불 지피는 늙은 보살의
흐릿한 손놀림을 바라보다가
문 창지 매운바람 윗목에 똬리 틀고
어디선가 소쩍새와 친구 된다

고단한 사람들은
울음 멈추고
안개 자욱한 길 따라 내려갈 때
흐늘대는 늙은 중은
얼음장에 한 물동이 이고
힘겹게 올라간다

산골 휘도는 노승의 목탁은
없어 헛됨이 부처라 말하듯
겨울 절을 지키는
동자는 봄을 맞고 여름이 오고
다시 겨울이라 탁탁거린다

술이 흐른다

노을빛 저녁에 오랜 친구가 그리우면
가슴의 응어리를 둥근 쟁반에 각진 수육으로 썰어
수만 리 동구에서 까만 보리와 하얀 눈보라로 날아온
흑맥주를 마신다

비 오는 저녁에는
고달픈 사람들이 토해내는
시큼한 욕지기가 부러뜨린 포장마차에서
막걸리 사발에 걸쭉한 아줌마가 정겹다

먼동을 기다리는 호롱불은
하얀 재로 남은 심지를 안주로
눈물이 만든 한잔 또 한잔으로
밤마다 빈 가슴에 술이 흐른다

너도나도 부처님

계룡산 칠백고지 삼불봉 자락에는
천년의 세월을 살아온 오누이 탑이
나란히 서 있다

탑을 덮은 부처님의 온기가
천둥 같은 폭풍우, 거친 눈보라를 견디며
사무치게 사랑한 남매의 전설은
한반도의 두 동강난 지도처럼 찢긴 이끼에
밤마다 내리는 이슬로 적셔 있다

어느 해 질 때
엄마 따라온 천진난만한 오누이가 탑신을 돌며
엄마, 언제쯤 어른 되냐고,
언제쯤 합쳐지지 않겠냐며 두 손 모아 절을 하는데
예쁜 아이들에게 햇빛이 쏟아지자
남매는 빙그레 웃는다

경찰의 하루

안전한 도시, 행복한 시민
하늘이 주신 국민을 위한 소명을 어깨에 메고
두려움을 이길 용기로 평온한 밤을 지나
고요한 아침을 맞게 하고
매연과 소음으로 가득한 도심 한복판에서
불의와 타협하지 않는 공정한 법치를 만들어
범죄와 사고를 잠재워 안전과 안심을 만들고
매일 밤 마지막 시간에 가족의 품으로 돌아와
새벽 첫 동에 집을 나서는 경찰에게
건강한 하루를 주소서

늙은 쟁기

내가 세상을 처음 본 날
아버지는 오일장 대장간에서 쟁기를 사셨는데
늙은 조선소나무 한 그루가
쟁기에 심어져 워이, 워이
두정 마지기 온갖 논질에는 쟁기가 있었다

일곱 내리, 송아지의 뒷발굽을 채이더니
어느 날 시골집 귀퉁이에
푸르게 붉은 녹을 덧칠하고 있었는데
닦고 문지르고 긴 노동으로
쟁기는 어느 골동품 가게에서
새로운 주인을 기다리고 있다

울지마라

나무가 외로워 눈물을 흘리신다
실개울도 외로워 세찬 폭포가 된다

산의 정상에는 꽃의 절정
산마루에도 온통 꽃 잔치인데
여름이 넘나드는 바람은
태백 준령의 전설을 노래한다

나무가 외로워 눈물을 흘리고
실개천이 폭포가 되어가는
백두대간 숨겨진 이야기는
봄, 여름, 가을, 오늘까지 전해온다

송아지 오신 날

온 동네 밝히던 송아지가 나온 날
그 집의 기쁨이 온 마을의 잔치라
그 집 대문 입구 외양간이 암소의 울음으로 밤새 구슬퍼지고
송아지가 세상에 곧 나올 것에 온 동네는 밤새 환하다

음 메, 울음소리는 점차 새벽여명에 잦아들고
아궁이 물 지펴 여물통 들락거리는
그 집 어멈얼굴은 진물에 반짝이고
사람처럼 배아래 안고 열 달 시름 만에
세 살배기 암소는 이 땅에 첫 송아지를 내려놓는다

사람은 보릿고개 산아제한으로 끼니걱정 할 때
많은 축산장려금으로 대접받던 송아지가 세상에 오던 날
촘촘한 별들은 더 빛났고 새벽 햇살은 더 밝았고
그 아침 굴뚝 연기는 더 높이 날았다

온 동네가 숨죽이며 새 생명의 노래를 같이 불렀다

2부

오늘 오일장

저만치 노루 한 마리가
산마루 잔칫상에 먼저 올라앉고
휘돌아 불어온 바람에 나무와 잎새가 흔들려
들꽃의 향기에 배불러진 노루는 누워 버렸다

비 온 날

산과 들에 물동이가 내리듯 퍼붓고
사람처럼 아우성치는 빗속에서
마당에 널어놓은 고추, 콩이 비 맞아 달려가는데
앙증맞은 강아지가 이빨로 낑낑대며
가마니 옆구리를 바지처럼 물어 당기는데
사람이 먹는 것이 젖으면 안 된다고
어린 풋 강아지가 가슴으로 달려오는데
아득한 날 사람 살린 강아지 이야기는
그래 네가 사람이라고 한다

부여의 미소

사람들이 따가운 햇살에
형형색색 우산 아래에서
파란하늘 올려보는 연꽃을 본다
어떤 아줌마는 손등으로 바쳐 작은 부처님을 만들고
어떤 할멈은 봉우릴 흔들어 태생의 흔적을 찾고
부소산을 휘도는 백마강 물동이를 펴 담아 만든 궁남지는
그 옛날 사비왕궁의 오물을 받는 시궁창이었는데
이 세상 그 어떤 꽃보다 빛나는 연꽃으로 피어
부처님이 내려오신 부여의 미소이구나

천 오백년 전 삼천궁녀가 낙화처럼 떨어져
찬란한 연꽃으로 다시 태어나
백제왕도 사비성아래 궁남지에서
마지막 꽃 잔치를 벌이고 있구나

거기 산이다

산이 외로워
가끔 눈물 흘릴 때면
골짜기 가득한 눈물방울 모여
세찬 폭포로 흐르니
거기 산이 있다

아침 햇살이
길게 자리 핀 산등성이
속살에 고루 퍼지면
산새들 노래 소리 울려 퍼지니
거기 산이 있다

산속의 숲 잔치
숲속의 꽃 잔치
봄, 여름, 가을, 겨울
천상의 식탁에는
날마다 잔칫상이니
거기 산이 있다

근원도 없이 불어온 바람처럼
산사람들 외침이 거친 메아리 되어
푸른 숲이 흔들리고
들꽃의 향기에
산이 춤추는데
거기 산이 있다

산 그림자 내려오면
사람도 떠나고
나뭇잎은 고개 숙이고
꽃잎도 스러지면 온 숲이 잠드니
거기 산이 있다

별이 새겨진 하늘에는
달이 누웠는데
내일 오실 손님을 기다리며
아침밥상 만드는
산짐승의 울음소리가 밤새 가득하니
거기 산이 있다

금강 하구 둑

밀물과 썰물이 교차하며
낮과 밤을 만드는 경계선에
강물과 바닷물이 넘나들며
민물고기 바닷고기 하얗게 부서지고
물새와 바닷새의 날개 엉키고
거친 바닷길을 만든 농어와 강 얼음 깨는 빙어 떼를
바람처럼 날아온 철새 떼
서로의 간절함이 요동치는 곳

하지만,
태초에는 바닷물 내륙까지 밀려와
고달픈 농사꾼이 강나루 나룻배에 풍년 곡식 싣기도 전에
사나운 장맛비가 할퀴어 풀잎처럼 떠다니던
충청, 호남 양안사람들이
군장산업단지로 내달리며
이제 자연이 다시 만든 금강 하구 둑

이다지도
세상의 온갖 생명이 팔딱대는 이곳은
해상이며 지상 그리고 사람 사는 하늘 아래
낙원이구나

*금강 하구 둑: 전북 군산시와 충남 서천군 금강 하류에 있는 총 길이 1,841m 인공호

길 잃은 노루

하늘이 밤새 뿌린 눈물이
세찬 폭포로 쏟아지는데
부지런한 새가 불러들인
아침 햇살이 속살에 고루 퍼지면
숲에 놀던 꽃들의 식탁이 펼쳐져
날마다 새 손님을 기다리고 있다

저만치 노루 한 마리가
산마루 잔칫상에 먼저 올라앉고
휘돌아 불어온 바람에 나무와 잎새가 흔들려
들꽃의 향기에 배불러진 노루는 누워 버렸다

숲속의 잔치가 끝나고
홀로된 노루는 왔던 길을 찾는다

날마다 금강을 건넌다

미호천과 금강이 합강천에서 처음 만나
웅덩이에 소용돌이며 짝 짓기 하는데
가문 날엔 강바닥은 갈라진 손바닥이고
폭우에 황토물이 넘치고 물꼬싸움에 농심 사납더니
이제는 큰물 가득하여 그 옛날 금강을 다시 본다

예전엔 뱃사공 노 저어 건너던 청벽 나루가
난개발 구조물에 갈라진 실개천이 되었는데
이제는 수상스키, 글래핑, 체육공원,
비 오면 닫고 가뭄에 열어 생명수를 만는다

그래서 날마다 금강을 건넌다

달빛을 입으며

아내가 입혀 주는 비단옷을 입을 때면
옛 초가 창호지를 밤새 사각대던 누에가 떠오르기도 하고
새벽안개 산기슭 뽕잎을 따면서
보랏빛 오디를 삼키던 어린 날이 생각난다

좁쌀알이 애벌레로 보름에 다듬어져
평생을 먹었던 뽕잎을 하얀 실로 게워 내어
하얀 집을 짓고 꿈을 꾸는데
나비의 단꿈이 깨기도 전에 밥상에 올라간 번데기는
비단옷을 미처 입어보지 못하고
먹거리로 다 주고 떠난다

초승달로 태어나 둥근달로 자라며 세상을 따뜻하게 비추듯이
누에는 한 달 살면서도 빛나는 비단 만들어 몸을 덮나니
이 세상에서 헌신을 아는 너는
밤마다 다른 모습의 달빛처럼 살다가
불꽃처럼 스러지는 빛나는 생명이다

철새가 길을 잃어

둥근달과 해송 사이
생선비늘이 울고 있고
무학대사는 육백 년
산천을 유람하다 머물던 곳에도
어김없이 천수만에 노란 해 걸리면
별처럼 피어나는 어선들이 울었다

억만년 세월을 거스른 간월호 간척지는
콘크리트 덩어리로 바다를 막고
태안 첨단 바이오 특화도시로
서산 자동차 연구도시로 밤낮을 바꿨다

수만 리 북방에서 고향 찾은 철새는
어디로 날아야 할지 몰라 사람들의 발자국 위로
마지막 안식처였던 간월암 사이를
훠이 훠이 날고 있다

*간월암: 서산 간척지 내에 있는 섬의 암자

행복이란

어디로 가는지 모르며 달리는 사람 속에서
성공은 꽃이요 행복은 뿌리라면서
돈, 명예, 권력에 있다는 성공을 잡으면 행복하다고 한다

한낱 먼지처럼 행복은 담아 둘 수 없는데
나비처럼 꿀 찾아 꽃을 흔들지만 꽃봉오리엔 앉아 보지 못하고
살랑대는 바람에도 날지 않으면 떨어지기에 온몸으로 파닥댄다

나비 삼십일, 하루살이 하루, 사람은 이만 구천이백일
각자 주어진 시간을 헛되이 날려 보내고
내가 누구인지 알지 못하는 것처럼
살아가는 오늘이 행복임을 알지 못한다

태어날 때는 주위 사람들은 웃지만 울면서 왔고
죽을 때는 주위 사람들은 울지만
미소 지으며 갈 수 있는 행복을 달라고 기도하며
기쁨은 더하고 슬픔은 빼고 사랑은 곱하고 행복은 나누는
전자계산기 붉은 수치에 웃고 울다가 리셋되는데
빈집에 남겨진 빈세상이 서러워도
행복은 텅빈 마음이라고 스스로 물어본다

세대차

어릴 적 엄니 따라 아우내 오일장이 가면
힘깨나 쓰던 삼남 장사치들
자리싸움에 한판 살풀이도 하고
아침 햇살 펄럭이는 적삼 입은 아줌마는
고무 신발 벗겨져 엉거주춤하며 구경하기도 하고
밀짚모, 고무신, 칼 만물상 즐비한데
이리저리 능수버들 늘어진 포장마차에서 마을 소식이 흔들리고
엿장수 가위질에 각설이 춤추었다

어느 햇살 가득 쏟아진 날
어린 아들 손 잡고 팔딱대는 병천 오일장에 가면
대한 독립 만세, 기미년의 함성이 들리기도 하고
하얀 저고리를 입던 엄니들이 총 맞으며 피 흘리던
그날의 아우성이 귓불 때렸는데
장에 가신 엄니를 행여 따라가지 못하면
동구 밖에 온종일 기다리던
오십년 전 내 어린 날의 간절했던 그리움은
인터넷 세상에 푹 빠진 아들의 얼굴에서 스치는 지루함을 본다

너도 아팠니

태어난 아기처럼 연록 새순이
따뜻한 햇볕 쏟아지면 깃대 세우고
천둥치며 몰려온 장대비에 우산처럼 펼치고
그늘로 모여들어 반갑다고 합창한다

계절 따라 여행가야 할
은행, 단감, 사과, 배 이름의 나무들은
여름이 만든 열매는 내려놓고 마지막 눈물 마른
색동옷으로 갈아입는다

대지에 묻은 사랑에 따라 먼저 떨어지기도 하고
버둥거려 매달리기도 하고
세상에 나왔으면 떠나야 하기에 마지막 잎은 다 떨어져
산비탈에 뒹굴기도 하고 어느 집의 불쏘시개가 되고
언 땅을 덮는 이불로 땅 속에 숨기도 하는데
사람은 짧은 이름 하나 남기고 살다 가는데
나무는 낡은 옷을 벗고 새봄이 주는 새 옷을 기다리며
그렇게 수천 년 살고 있다

세월

누런 벼 이삭 가운데 허기진 장끼가 이리저리 달리는데
허수아비 홀로 바람에 흔들려 막아서고
뜨거운 햇볕에 타오르던 저수지는 장대비에 살아남아서
쪽빛 바다보다 더 파란 하늘이 앉았는데
물방개는 뛰고 고추잠자리는 날아가고
풍년을 감사하는 농부가 석양 노을아래 고개 숙이면
햇밥 연기가 집집마다 피어나고
낮에 떠났던 별들이 왕관처럼 빛나면
세상이 보고 싶어 성질 급한 별들은 별똥별로 내려오기도 하고
새벽까지 잠 못 든 별들은 차가운 서리로 쏟아지고 있다
먼 산을 넘어온 햇살이 별들을 주워가고
산과 들이 하나씩 벗는다

세상의 아내

여기 내 세상의 아내요

흐드러진 풀꽃처럼
거친 맨 낯에 철 지난 몸 빼 바지나 입지만
촌스럽지 않은 여자

초록 짙은 숲속에서
바위돌과 계곡물을 두드리며 파란 하늘 향해 빨래 방망이질 하는
질박하게 매끄러운 단지 같은 여자

모르면 모른다며 작은 것에 만족하고
투박한 것도 곱다 하고
가족을 먼저 생각하고 남의 행복에 신나하며
노을을 바라보면서 그냥 우는 여자

비가 오면 빗길을 눈이 오면 눈길을
고단해도 불평 없이 따라와 줄 여자
낮에는 햇빛 되고 밤에는 달빛 되며
때로는 눈물이 되고 때로는 그늘이 되고
비 오는 날 기꺼이 우산이 되는 여자
하지만 비 온 후 햇살보다 더 빛나는 여자,

저기 내 세상에 하나뿐인 아내요

산 그림자

산이 좋아 산에 간다는 한 무리 사람 소리에
쓰러질 듯 옛 나무 아래 돌무덤이 메아리 되고
단풍잎은 가을 속에 붉은 꽃비처럼 내리고
화들짝 휘달리는 산 다람쥐는 도토리 물고
오랜 장마가 싣고 온 나무 등걸 아래
세상이 버린 쓰레기와 뒤섞여진 웅덩이를 멧돼지가 헤집고
절벽에 걸친 지붕 위로 새들은 날아다니는데
온갖 생명으로 빛나는 산속의 왕국이 그린 한 폭의 가을 그림에는
길 잃은 산 그림자가 노을사이로 천천히 내려온다

그리운 사람아

외로워 힘들다며
저녁노을 산마루에서 어스름이 밀려올 때까지
같이 있어도 사무치는 눈물 흘리던 그 사람이다

먼 훗날 노년을 준비하며
스멀대는 호수에서 물안개를
살포시 걷어내 주실 그 사람이다

아침 햇살은 아기 얼굴처럼 빛나고
노을은 풀어진 머리칼처럼 간절하게 다가오고
밤이 깊어가도 잠 못 드는 달님은
내 그리운 그 사람이다

황산벌 그 자리에

천둥을 동반한 폭풍우가 쓸고 간 길
폭염에 파인 도로 길, 눈보라가 얼어붙은 길,
짙은 안개가 드리운 길, 어디에도 경찰이 있다

해 그림자 드리워진 7번국도
둥지를 찾는 새들처럼 열 지은 차량들이 지친 날갯짓 쉬어갈 때
속 태운 까만 연기 마시며 검게 숨겨진 차 밑에서
썩은 생선 냄새를 찾는 경찰이 있다

황산벌!
옛날, 노도처럼 신라 말굽 이곳에 들이치던 그 길목
백제의 마지막 충절, 계백의 혼이 지키는 그 방어선
옛 이름 황산벌 연산 검문소에서
천년을 이어온 충정으로 경찰은 일한다

우리의 소원

한반도 심장 계룡산자락에
앞 사람이 넘어지면 뒤에 또 쌓은
두 망부석이 있는데
같이 있어도 사무치는
하얀 옛 얘기가 전해 온다

탑신 향불은 천둥 같은 폭풍우와 눈보라
어둡고 추운 사람들의 거친 바다에서
날마다 산을 오르고 내리며
남매 탑돌이라 돌아 돌아
너희들 쌓은 공덕이 빛난다

갈라진 한반도처럼 이지러진 푸른 이끼에
서러운 민초의 눈물이 이슬로 내리는데
이루지 못한 옛 얘기는
소나무 두 가지는 한 뿌리에서 나왔으니
하나뿐인 태양 아래
한 민족이 마주 보며 옛 얘기하며 서 있다

그리운 엄니

밤 새워 만든 하얀 꼬마연이
산 넘어 세상에 대한 꿈을 싣고
드넓은 들판에 걸려있네

빙글빙글 날아올랐다가
딴짓 하는 사이에
어구 떨어질라 봉그루 낚아 채이네

그날 먼 동네에서
우리 동네 천렵 온 꼬마 아이들과
논배미 얼음위에 파란 하늘 싣고
자치기 어구 쳐라 뺑이 놀이 빙글빙글 돌아라

썰매타기 지쳐가고 갈라진 물 뚬벙에 빠져
얼어버린 나일론 양말일랑 매운 모닥불 위에
군고구마와 뒤범벅이며 호호 깔깔 거렸네

이십 리 읍내길 오일장에 방 한 칸
같이 잠든 내 머리를 가로질러 길 떠나신 울 엄니
눈깔사탕 뻥튀기 까만 고무신 사오시겠네

이제나 저기 엄니 하얀 저고리 보일라
남색치마 너울대며 재 넘으실 때
아이들 재잘거림이 저기라며 달음질 되네

이젠 흩어진 어린 날은 빛바래 수채화로 남아
날마다 꿈속에서 꾸부러진 내 엄니 베적삼이
장바구니 봇짐에 나풀거리면
달과 별이 수놓아 하얀 밤을 아이처럼 보채며
딱 한번 이라도 사무치는 울 엄니를
시퍼런 꿈속에도 만나고 싶다

아버지의 길

세월을 이기고 밝은 세상으로 떠나려
칼날 같은 새벽을 가슴에 품고 혼자 우는 새
산다는 것은 길을 찾는 것
텅 빈 그림자와 마지막 피를 토하는 몸부림으로
가야할 길을 찾는다
아득한 교회 종소리에 설레던 동심은 없고
초침 소리는 심장처럼 째깍거리고
삼삼해지는 동구 밖 모퉁이에
하나 둘 돌탑 쌓는 아내는
다섯 손가락 힘껏 깨물어
눈물방울 흘려 빨갛게 그린 오선지 위로
당신이 보내주신 빛나는 해가
잠들 준비를 하고 있다

통성기도

천둥을 동반한 거센 비바람이 불어와
가릴 것 없는 낮은 벌판 한가운데
장대비 흘러 누런 물 첨벙대는 연병장에도
무지갯빛 밝은 햇살이 쏟아지면
솜에 젖은 진압복을 말린다

내일 다시 현장에서 부닥칠
쇠파이프와 화염병을 두려워하며
민주에 목마른 젊은이와
거친 비바람에 고단한 사람과
세상과 싸운다는 돌팔매를 받아내며
우리는 친구같은 아버지로
밤새워 아우성치는 이웃을 안고
따뜻한 눈물을 같이 흘렸다

비바람이 잠들고 따뜻한 날에 다시 만나자며
경찰기동대 동료들의 아파했던 통성 기도소리가
환청으로 들린다

내 조국, 내 나라

—대전 현충원에서

보이나요
계룡산 산허리를 휘감은 파란 하늘 아래에
현충탑을 덮은 푸른 초목이
춤추고 있네요

들리나요
차가운 묘비 아래 당신도 따뜻했던
그날 심장의 고동이
초침처럼 흔들리고 있네요

숨시나요
내 나라 내 땅을 지키던 당신은
호국영령의 나비가 되어
꽃향기로 날아왔네요

만져봐요
이름 모를 산하에서
초연처럼 사라져간 전우의 살점이
푸른 솔의 잔가지로 흔들리네요

울어봐요
분단의 아픔에 죽어간
동포의 눈물이 이제는
폭우처럼 쏟아지네요

고요한 이 아침
대전 현충원을 적시는
이슬로 내려오신 당신은 누구신가요?

이 땅의 찢긴 아픔이
눈물처럼 내리는 비 오는 날에도
이름 모를 풀꽃은 피어나고
자유와 평화를 외치는 햇살 쏟아지면
이 땅 온통 꽃밭 되리니
그래 70여 성상 피맺힌 절규
한민족 한겨레의 응어리진 가슴에
충혼의 바람 불어주세요

추풍령

황학산 마루에는 들꽃이 피고 지고
잎새에 스치는 바람에도
나무는 외로워 눈물을 흘리고
눈물 젖은 빗물이 폭포로 쏟아지는
백두대간 한가운데 추풍령 고개에
고단한 돌탑이 수 천 년 서 있다
벗은 나무에 꽃피면
푸른 숲이 되어 산새들 날아들고
온 산이 붉게 타오르다 하얀 재로 남아
매운 바람에도 다시 꽃피고
그래 언젠가 그날에도
사람들은 돌탑을 바라보며
돌고 돌아 한양길, 영남길 끝없는 길을 따라
추풍령을 넘는다

님의 길

깊은 산속 작은 암자에서 노승 독경소리는
산새만 알아듣는 외로운 울음 되어
노을 진 석양 아래 서러워 구슬피 우네

한겨울 오랜 잠자더니 임의 발자국에 깨어나
동토를 열고 눈 내린 세상에 밝은 햇살 바라보면
하얀 솜이불이 바람에 날려 하늘에 닿는 길 만드네

영동에 살지요

월류봉에 오르면
산 그림자 내려와 한천 팔경에 가득한데
구비 구비 내 나라 한반도 땅이구나

이수천 강가에 서면
무지갯빛 내려와 양산 팔경에 어리는데
거기 얼싸둥둥 난계 국악 들리는구나

양산, 심천에서 흘러온 금강에
금성산 노을처럼 날아온 백로 떼가
물길 따라 산길 따라
어서 오라 손짓 하는구나

복숭아꽃, 사과꽃, 감꽃이
꽃 잔치 벌이는 산골짜기마다
영동사람 땀방울이 포도송이로 맺고
맑은 눈물은 와인으로 익어
마을마다 풍년노래 가득하구나

푸른 산은 하늘처럼 높고
깊은 물은 옥토를 품고
어느 산자락에서 소리치고
때론 비단강가에서 은빛 고기 낚고
그저 산이 물이 좋다 하는 사람은
모두가 따뜻한 영동사람이구나

그래 산 높고 물 맑은 영동에서
산처럼 말없이 물처럼 흐르며
영동에 살지요
모두가 빛나는 영동사람이구나

물이 걷는다

시냇물 흘러 흘러 어디로 가나
산과 들 아래 굽이굽이 계곡에 핀 들풀 사이로
하얀꽃 노란꽃이 싱그런 봄바람에 날아가
저 멀리 세상 끝에 꽃향기 나르네

시냇물 흘러 흘러 바다로 가나
푸른 수평선에 갈매기 날고
부서지는 파도 소리 밀려오면
저 멀리 그리운 사람이 물처럼 오네

감나무 그림자

서너 달 전, 세상 나온 애완견을
가슴에 안고 이리저리 자리 펴고
앙증맞은 아기처럼 보듬을 땐 몰랐고
숲속에 산책, 강변 뜀박질 좋아할 때도 몰랐다

어느 날 난간에서 떨어져 가슴 수술하면서
사람보다 열 배 병원비 내면서도 빨리 죽는 줄 몰랐는데
한 십 년 힘들게 매양 긴 울음을 삼키더니
사진 한 장 남기고 하늘로 떠났는데
고작 십 년 명줄인 줄 알고도 이리 멍 들지 않았는데
집 마당 감나무 아래 흙이 아니라 가슴을 묻었다

아직도 집에 들어설 때마다
매일 뛰어나오는 강아지를 안으려 하면
감나무 휘어진 그림자가 저만치 달아난다

처음처럼

연한 나무순이 방긋 웃었는데
바람 불면 푸른 깃발 흔들다가
천둥엔 부르르 떨고
폭우에 두꺼운 장대 눈물 흘리다가
햇살에 빛나는 줄기 세운다

산 그림자가 점차 길어지면
지칠 줄 모르던 매미 울음 잦아들고
먼 여행 준비에 아끼던 꼬까옷을 입는다
당 단풍, 신나무, 시닥나무, 고로쇠, 복자기
여름날 사 무친 그리움은 다 마르고
이제 스산한 텅 빈 산마루에
바람처럼 둥글려 스러지며
언젠가 찾아올 봄을 기다린다

처음처럼

3부

달빛이 세상에 오신다

발이 시려 털신 사달라고 떼쓰며 돌아누운 밤
무거운 짐보다 비싸게 사 오신
하얀 털신이 눈처럼 내렸고
새벽 초승달은
엄니의 흰 저고리처럼 내려오셨다

장에 가신 엄니

엄니는 내일 장에 가신다

달걀 한 줄에 닭들이 힘들고
비바람이 만든 참깨, 고춧가루를 보따리로
새벽에 쪄놓은 감자 소쿠리, 숭늉 한 사발 남기셨는데
새벽처럼 잠든 나는 이십 리 길 떠나는 엄니는 잊고
어스름 석양에나 돌아오실 동네 어귀에서 사탕이나 생각하며
썰매 두 짝 둘러메고 뒷집 길동이와 종일 얼음 지쳤다

발이 시려 털신 사달라고 떼쓰며 돌아누운 밤
무거운 짐보다 비싸게 사 오신 하얀 털신이 눈처럼 쏟아졌고
새벽 초승달은 엄니의 흰 저고리처럼 날아오셨다

하지만 엄니는 장에서 아직도 안 돌아 오신다

셋방살이

아이가 학교 친구 많고
손 때 묻은 정든 집에서 오래 살고 싶었는데
미국에 간 집주인이 집 판다고 한 달 내에 비우라 한다

그냥 내 정든 동네에 살고 싶은데
허름한 옆 동네로 이사 가려고
이 년 만에 전세금은 두 배 올라
은행, 엄니 옷고름 돈도 빌리고
얼굴 안 보던 동창 녀석에 돈 좀 빌렸다

이사 가던 날 셋 방 집에는
바퀴벌레와 개미들이 허락 없이 먼저 살고 있는데
너희들 돈 한 푼도 안 내고 이럴 수 있냐고
화나서 소리 질렀지만
전세는 사람 일이라고 대꾸도 안한다

가고 싶으면 가고 오고 싶으면 오고
하늘 아래 어디든 지네 집이라는데
무법자인 바퀴벌레, 개미와 언제까지 살아야 하느냐고
세상이 왜이래, 벌레보다 못하다며
아내는 밤새 울었다

지렁이

비 온 날 들판에 서면
몇 날을 기어서 네 어깨 저민 강가에 작은 몸 숨겨도
밟으면 꿈틀하다가 죽어 버리는 벌레는
할퀴는 발톱도 물어뜯는 이빨도 없고
덩치 큰 녀석에 대드는 독침도 없어
큰 놈이 밟으면 아프다고 말 못하고
꿈틀거리며 속으로 울다 창자가 터지고 산산이 부서져도
마지막까지 남은 것은 다 내주는 땅의 조물주

썩은 땅에 생명주고 날아가는 새에게는 먹이 되어
저기 작은 세상이 끝나는 날까지 오직 남에게 바치니
작은 벌레로 세상에 나와 고단하게 살아가지만
태생부터 헌신을 배운 지렁이는
위대한 대지의 창조자

푸른 지구는 너를 기억한다

너와 나

내가 꽃 피고 네가 꽃피어 빛나는 꽃밭 만들고
잎이 물들고 숲이 흔들리면 온 산이 불타오르고
나 잘하면 내 삶이 달라지고
너도 잘하면 온통 세상이 춤을 추고
산새가 힘차게 날아오르면 계절이 빨라지고
햇살이 반짝이면 들판이 오곡백과로 가득 차고
그래서
너와 나, 산천초목 만상이 본래 같이 사는 하나

혼자는 살 수 없구나

산이 좋아

산이 밤새 외로워
가끔 눈물 흘릴 때면
땅에 떨군 눈물은
세찬 폭포로 흐른다

산이 온통 푸르러
산새 노래 가득하면
아침 햇살이
속살에 고루 퍼진다

거기 숲속의 꽃 잔치
봄, 여름, 가을, 겨울
천상의 식탁에는
날마다 손님을 기다린다

어디선가
노루 한 마리
저만치 뛰어오고
나그네 홀로
산마루 올라와 친구가 된다

근원도 없이 불어온 바람에
푸른 숲이 흔들리고
들꽃의 향기에
산이 춤춘다

산 그림자 내려오면
나그네는 뒤돌아 길을 가고
노루는 어디로 가는지 사라졌고
나무는 옷을 벗고 축 늘어지면
거기 숲이 잠든다

하나님은
하늘에 별을 심었는데
혼자 남은 산은
내일 오실 손님을
또 밤새워 기다리신다

걸어온 길

아무리 걸어도 사람은 없고
내가 그동안 걸어온 길처럼
길가엔 무성히 풀만 자라고
오르막이 길면 내리막도 길고
산이 가파르면 절벽도 깊어지며
보이지 않는 두려움이 어둠처럼 다가왔다

산다는 것은 어두운 풀숲을
혼자서 터벅터벅 걷는 것이라며
고단해도 울지 않고 참아야 한다며
그렇게 어두운 밤을 혼자 걸었다

산 고개를 힘겹게 넘으니 동쪽 끝
아침 햇살이 풀숲 이슬에 반사되어
빛나는 풀꽃이 피었는데
저리도 불꽃보다 빛나는 꽃잎이
안개처럼 길 위에 뿌려지고 있었다

내려가는 길은 굽이굽이
샛길도 다 보이는 밝은 길이니
걸어온 길보다 걸어갈 길이
빛나는 태양 아래 끝없이 이어졌다

하늘 아래

사람의 향기가 못 견디게 그리우면
푸른 하늘을 보아라
구름 한 점 벗하며
고향 찾아 사랑 찾아 고단한 날갯짓하는
철새들이 보인다

세상의 한 귀퉁이
내 잠자리 시끄러워 잠 못 들면
높은 하늘을 보아라
별똥별이 날아가는 길 따라
먼 나라를 향해 높이 솟구치는
비행기가 보인다

하나님이 사시는 하늘에
닿을 수만 있다면
내 기꺼이 파일럿 되어 더 빠른 비행기로
날아가련다

봄바람

하얀 벽속에 숨겨진 노란 황금이
만지면 터질 것 같은 하얀 달님이
엄마 품 솜이불 위에 잠 들었구나

그동안 벽속에 숨어 무슨 꿈 꾸었니
내일은 세상 나가는 고운 꿈 꾸었니
언젠가 노란 병아리 펄럭 꿈 꾸었나

노란 병아리야 시냇물 따라 어디로 가니
산과 들에 굽이굽이 개망초, 민들레 들풀사이로
흰 노란 꽃 봄바람에 꽃향기 가득 하구나

노을처럼 저문 바닷가에 갈매기처럼
부서지는 파도 소리에 반갑게 날아가 보니
먼 세상사람 고운 꿈이 내려 왔구나

낙화

수줍은 목련이 피울까 말까 망설이네
따사한 햇살은 어서 피라 속삭이네
슬픈 봄날은 짧으니 다시 오는 봄에 만나세

까만 밤길 이웃에겐 친구 그림자로 태어나
잠 못 든 아이에겐 엄마 솜이불 되어
세상이 잠들도록 혼자 우는 달빛 목련화

천년나무

처음엔 아기처럼 방긋 웃으며 세상에 나와
바람 불면 하늘 향해 푸른 깃발 흔들고
천둥에 떨고 번개에 눈 멀고
장대비 내리면 젖다가도
밝은 햇살에는 활짝 웃는다

수천 년 오래도록 무거운 지구를 들어 올리며
노란 은행잎으로 언 땅 따듯하게 이불로 깔아
다시 찾아올 봄을 기다렸다

산 그림자가 길어진 어느 날
울음에 지친 매미는 내년에 다시 온다며 떠났는데
한 여름 무더운 외로움으로 영근 열매는
땅 위에 떨어져 뒹굴고
먼 여행길 떠나는 노란 수의가 노을에 펄럭인다

비 오다 눈 내리니
천 년처럼 다시 천 년 동안
뿌리 더 깊이하고 잔가지 다시 동이고
매운 겨울에도 한 가족처럼 가장 무겁게 서 있다

가을아

노란 가을이 살포시 내려앉은 들판에
허수아비 홀로 볏 머리 기대고
밤새 허기진 장끼 한 마리는 이삭 찾아 달리고
무더위 장마에도 용케 살아남은 저수지엔
쪽빛 바다보다 더 파란 하늘이 있는데
고추잠자리 포물선에 물방개는 뛰고
잉어 떼는 하얀 뱃살 드러내고 지친 연꽃은 잠드는데

무지갯빛 춤추는 하늘과 땅이
붉은 노을 사이로 떠나가고 있다

천태산 은행나무야

바람 부는 날에는 하늘 향해 푸른 깃발 흔들어대다
천둥 치면 부르르 떨고 폭우가 내리면 푸른 옷 아래로
장대비 같은 눈물 흘리다가
햇살 밝은 날엔 노랗게 물들기도 하였다

산 그림자 길어진 날
울다 지친 매미는 내년에 온다며 떠나고
한여름 격정을 인내한 열매는 땅 위에 떨어지고
먼 여행길 준비해둔 세상이 온통 노란 옷을 입는다

비 내리고 눈 오고 다시 천년
천태산을 사모하는 간절한 기도는
뿌리 깊은 은행나무를 단단히 하여
영국사 비탈진 산마루를 덮어
언 땅 녹이는 이불이 되어
다시 찾아올 봄을 기다린다

처음처럼, 그리고 천년동안

엄니가 오신다

엄니는 내일 장에 가신다

닭장을 여닫으며 달걀 한 줄 만들고
가을 내내 털어 만든 참깨와 고춧가루를 한 보따리 지고
잠든 내 머리에는 감자 소쿠리, 숭늉으로 아침을 알리고
이십 리 오일장으로 떠나셨다

할아버지 만든 썰매 둘러메고
뒷집 길동이 뒤따르며 얼음장에 누워
어스름 석양에나 돌아오실 동구 밖을 보았다

어디쯤 계실까?
오늘은 털신 사달라고 조르지 말아야지
그날처럼 새벽잠에 뒤채면
엄니의 흰 저고리가 하얗게 덮인다

엄니는 내일 장에서 오신다

겨울산은 말이 없다

늙은 솔 한 그루 잔가지는 부러져 흔들리는
큰 바위 위 절간에는 산 그림자 아직 누웠는데
매운바람이 허물어진 공양간 아궁이를
휘도는 연기되어 눈송이와 흩날린다

아기동자는 아궁이 사이로
군불 지피는 늙은 보살의
흐릿한 손놀림을 바라보다가
문창지 매운바람 윗목에 기대 꽈리 틀고
어디선가 소쩍새와 친구 꿈꾼다

알 수 없는 기다림에 지친 사람들은
안개 자욱한 길 따라 내려갈 때
흐느적대는 늙은 스님은 얼음장에 한 물동이 이고
힘겹게 올라간다

고단한 사람은 이리오라고
모든 것이 헛되고 모두가 부처라며
말없는 산은 목탁으로 세상을 깨운다

아기 동자는 봄을 맞고
여름, 다시 가을에 가득 채워가면서
그렇게 부처님이 될 것이다

워낭소리

첫 송아지 세상에 나온 날은
사랑채 대문옆의 외양간에 어미 암소 울음 구슬프고
열 달 동안 잠긴 눈을 열고 아기처럼 머리 내밀어
짙은 안개위로 아침밥 짓는 연기가 높이 날고
온 마을이 춤추는 세상을 본다

멀리서 아빠 황소는 기쁜 소식 듣지 못하고
산과 들로 일 나가는 무거운 짐짝 워낭소리에
푸릇한 아지랑이 피어나고
쟁기에 갈라지는 밭의 속살에는
빛나는 햇살이 내려와 앉았다

나무도 아프다

나무는 아마 천년을 살면서
응어리 헤진 등창이 하마 아파도 표정 없이 참으며
잔가지 짙은 푸른 새순 돋았나니
사람들은 그저 땡볕을 피하는 무성한 그늘로 생각하지만
오랜 세월 짓눌린 나무는
살아가는 일이 힘들다 한다

나무는 아침 햇살에 밝게 웃고
한낮 더위에 몸을 떨고
간혹 비 오는 날에는 눈물을 흘리고
저녁에는 가지를 축 늘여 긴 한숨에
고요한 밤에 뒤척이나니
그렇게 천년을 두고 보고 듣고 아파했던
생각의 응어리를 삭정이로 털어낸다

사람도 생각하는 만물의 영장이지만
나무 아래 서면
나무가 그린 그림이 너무 빛나서
비바람에 남긴 그늘에도
내가 나무를 보듬고 살아갈 자리가 작게 보인다

달빛이 세상에 오신다

보름달이 환한 밤에
퇴직 열흘 앞둔 계룡파출소 정 소장은
휘청대던 도시가 달빛에 스러지는
텅 빈 골목길을 걷고 있다

어느 집 들창에서 앙칼진 소리가 세상을 깨우고
어느 주점 앞에 뽀얀 애들이 담배 물고
굉음 오토바이가 만드는 배설구를
천천히 걷고 있다

깊은 밤에 잠들지 않고
매운 매연에 까만 콧물 흘리며
주정뱅이 욕지기 들어주는 사람
길 없는 아이에 엄마같이
지난 사십 년 경찰이 전부였던 그 사람이다

당신이 달빛 비추는 창가에서 편히 잠들 때
세상이 토해내는 오물을 치우며 남몰래 눈물 흘리며
달빛처럼 다가와 자신의 눈물은 감추고
잠 못 드는 사람의 눈물을 닦아주는 그 사람이다

아내의 시

언젠가 달빛이 창가에 가득한 밤
여보, 시집 낸다는 소식 들었는데
시 제목은 "달빛, 세상을 비추다"로 하자구
달빛처럼 어두운 밤을 따뜻하게 비추는 달빛이
당신이 꿈꾸는 경찰 아니냐구
한 번도 내가 시 쓴다는 말을 안 했기에
어떻게 알았냐고 물으니
당신은 나에 대해 모르는 것이 너무 많단다
날마다 한 이불 덮는 부부로 살면서
이다지도 가슴 저며 밤새 뒤척였는데
아내가 열 살 때 써 본
달걀이라는 시라며 말해 주어
들은 대로 외워 버렸네
"하얀 벽속에 감춰진 노란 금덩이
만지면 터질 것 같은 황금아
문을 꼭꼭 닫고 무슨 생각 하나
아마도 바깥세상 고운 꿈꾸겠지"
사십 년이 지났는데 저리 고운 시심 있을까?
당신은 나를 너무 몰라, 가슴을 저미는 말
하고 싶은 말에 곪아 터져
퍼붓고 싶었던 삭정이를 가슴에 묻은
내가 너무나 모르던 여기 사랑할 아내요

경찰관의 기도

신이시여!
봉사와 질서, 안전한 나라, 행복한 국민
하늘이 주신 신성한 소명을 늘 생각하여
두려움을 이길 강한 힘을 주소서

가려하지 않는 곳에 갈 수 있는 용기와
춥고 낮은 곳에서 평생을 다하는 희생으로
폭풍우 눈보라에도 환하게 비추는 등대 되어
고요한 아침을 맞게 하소서

불의와 불법을 제압하는 힘과
갈등과 싸움을 잠재우는 지혜를
아픔과 눈물을 닦아주는 사랑으로
정성을 다하는 따뜻한 열정 채우소서

성급하고 편견으로 판단하지 말고
모든 사람의 주장을 참을성 있게 들어
나를 신뢰하는 이웃에게 든든한 믿음으로
온 누리에 푸르른 민중의 지팡이 되게 하소서

매일 밤 마지막 시간에 가족의 품으로 돌아와
새벽 첫 동이 터오기 전 집을 나서는
일생동안 부지런히 일하다 삶을 마치면
남아있는 내 가족을 사랑으로 지켜주소서

흉포한 범죄와 처절한 사고로 목숨을 잃은
동료의 고귀한 영혼이
처음처럼 영원까지 살아 있도록
우리를 보살펴 주소서

속리산에 오르다

속세를 떠나려면
속리산 오르기 전에 세상 고통을 배낭에 안고
법주사 법당에 꿇어보아라

속세를 떠나려면
잔설 이른 봄에도
푸름이 짙은 여름에도
붉은 단풍 찬 서리 가을에도
가보지 못한 연옥과 극락을 상상하면서
속리산에 올라 보아라

속세를 떠나려면
산 같은 바위 아래 두 손 모아
앞선 이 밀고 뒤 오는 이 당기며
가파른 문장대에 매달린 돌계단을
흔들리며 올라 보아라

속세를 떠나려면
먼저 고단한 산행으로 성불(成佛)할 수 있으니
산은 산이고 물은 물이라는 고승의 법언처럼
우주보다 높은 사람이지만 결국은 떠나가는 먼지라

마지막 봉양

일요일 오후 형사 당직실
김 형사 곤한 잠을 깨우는 이십 년 된 전화 다이얼
어느 산골짜기 등산로 나무에 사람이 달려
어디선가 날아든 새 떼들이 모여든 것이
여러 날 되었다고

입은 벌려 하늘 보고 벗겨진 구두는 땅을 향하고
개미처럼 많은 사연이 쉼 없이 펴 날라지는
개미집 등걸에 허리띠 묶어
두 팔 벌려 축 처진 오동잎처럼 달렸다

처음 빈 몸으로 왔지만
떠날 때는 하늘을 나는 새 떼에게 외로움을 나누어 주는
주인 없는 어느 변사체

시장 할멈

대전역 맞은편 빛바랜 중앙시장 간판 아래
오십 년 푸성귀 한자리 위에
하얀 머리에 진물 흐르는 할멈은
비 오나 눈 오나 무더위에도
자리 한번 떠난 적 없다

달래, 씀바귀, 냉이
어느 산골 집 뒷동산에서
구부러진 허리춤에 엽전처럼 한 닢, 두 닢 엮어 왔건만
시커먼 매연이 아스팔트 지글대는 햇빛에 말라가고
퀭한 할멈의 콜록대는 가래침만 뿌려진다

어둠이 내려오면
역전 파출소 김 경사가 노점상 갈취범 잡으려 순찰 돌다가
할매요, 많이 파신교, 다 말라 뿌렸네,
장사 안 되지, 그래도 어쩐다, 산 입에 거미줄 치냐고,
전부 떨이 얼만교, 이만 원만 주란다
출근길에 마누라는 시들어진 나물을 다신 사지 말라는 투정 맴돌고
대형마트에 싱싱한 야채 어른대지만
할멈의 간절한 눈빛을 산기라
축 처진 늙은 소 눈망울을 산기라
온 종일 폭염에서 고단하신 할매가
내일 드실 아침상을 산기라 한다

새벽은 온다

까만 밤이 소리 없이 내려도
우리는 무섭지 않아요

어둠은 빛을 이기지 못하고
빛은 언제나 새벽처럼 와요

밤이 깊을수록 촛불이 더욱 빛나듯
그대 눈빛이 별보다 더 빛나는 것은
깊은 어둠이 그리움 키웠고
새벽은 햇살처럼 비치니까요

꽃 같은 그대

나무 같은 나를 믿고 따라와요
그대 꽃이라 십 년이면 열 번 변하지만
나는 나무 같아서 십 년
내 속에 둥근 나이테입니다
끝없이 이어진 숲을 지나 산마루에 이르면
높은 성루에 사는 영주를 만나는데
높은 산이 뒤로 있어 어디로 떠나갔는지 보지 못하고
그저 산을 오르고 있어요
보이지 않는 감긴 눈에는
그의 그림자만 어른거립니다

푸른 잔디가 저녁 해처럼 눕는데
저문 강가에 서서 지는 해를 보고 있어요
물은 흐르고 달이 솟고 별도 반짝이는데
우리는 언제까지 스스로 빛나야 하는지요
멀리 있는 풍경이 새롭고 사랑은 운명이라며
나는 아무런 준비 없이
꽃 같은 그대를 찾아 여행을 떠납니다

이방인 노동자

쉼 없는 밀링 선반 사이로
피부 다른 이방인 손놀림이 흔들린다

땅을 때리는 불춤을 추던 공장이 잠들고
이방인의 옥탑방에서 담배 연기로 만든
자유로운 포물선으로 고향에 편지 보내면
한 사람도 꽉 차는 좁은 방안에
덕지덕지 붙여진 이역만리 가족사진이 답장한다

그 먼 날 이 땅의 젊은이들
서독 막장 광부로 시신 닦는 간호사로 아라비아 열사의 노동자로
밤마다 좁은 방에서 숨죽이며 부르던
그날의 고향 봄 노래를
이들도 잠들며 부른다

고단한 공장의 굉음을 온몸으로 들으며 새벽을 기다리며 잠 못 든
이방인의 시린 얼굴에 눈물자욱 지우고
날마다 멋진 양복입고 따뜻한 아침밥 먹고 출근하는 한국인을
바라보는 이분들의 눈초리가 번뜩인다

베트남 새댁

맨발로 자란 어린 날이 애처로워
동방의 고요한 나라에 시집온 새댁은
동네 아줌마의 험담을 참으며
시댁의 폭언과 무시를 참으며
외양간의 소처럼 새벽같이 일했다

사람들은 중간이라 하며 멀리하지만
내 가슴에는 이미 한국 사랑 가득하다
오늘도 남쪽 호치민으로 가는 비행기에서 보이도록
"내 사랑 코리아"
시린 입김을 모아 둥그렇게 써서 보낸다

사람 사는 세상

사는 것은 목적지 없는 여행
낯선 곳에 나를 던지는 것이라며
너를 만나고 헤어져 걸어온 발자국이 너무 흐트러져
이제라도 행복한 사람을 만나는 여행을 준비해야 한다

푸른 하늘이 내려오면 구름이 물 따라 흐르고
산이 강에 앉았고 푸른 소나무 위에 새가 앉고
그 위에 구름 걸리고
절벽에는 꽃이 저만치 혼자 피었다

사람들이 흔들리며 떠났다가
오는 사람 가는 사람이 소용돌이치는
사람 사는 세상 얘기 들으려 길을 걸으면
바닷가 사람 사는 아우성, 새벽 비릿한 어시장
유흥가에 흩어진 토사물과 새벽 인력시장의 화톳불
종합병원 응급실, 화재, 범죄현장
사람 사는 얘기는 어디에도 있어 걸음을 멈출 수 없었다

행복한 사람들을 만나도록 좀더
오래도록 시간이 멈추었으면 좋겠다

봄

길은 멀고
바람은 불고
해는 지고
달은 뜨고
꽃은 피고
꽃은 지고
봄은 온다

모든 것은 저마다 길이 있어
그 길이 멀더라도
봄이 손짓하면 보이는 곳에 있다

이유 없는 슬픔도 맹목적인 사랑도
찬란한 봄빛에 잠겨 구름을 만들고
눈물처럼 봄비로 내려와
천지를 울리는 봄의 향기는 만리를 간다

구름은 하늘에 앉고
산이 호수에 앉고
푸른 솔은 산마루에 앉고
새는 푸른 소나무에 앉고
나는 빛나는 꽃 잔치에
초대되어 앉아 있다

이곳이 봄이다

고요한 아침의 나라

따뜻한 비단강가 언덕에
예쁜 집을 하얗게 지었으니
즐거운 노랫소리 집안 가득 울려 퍼지고
밝은 유리성처럼 이웃에겐 활짝 열리지만
마음 응어리는 여기 잠시 머물지 못하니
혜성처럼 떨어지는 별을 그려 봅니다

햇빛 아래 언덕에 기대어
흘러가는 구름 따라가고
별빛 아래 금강에 잠겨
은빛으로 솟구치는 물고기 보며
넘치는 행복 담았습니다

앞산에 해 뜨면 길이 보이고
금강을 건너면 문이 열리니
계절 따라 아름다운 꽃 피우고
산처럼 말없이 물처럼 흐르며
빛나는 아침 맞이합니다

4부

바람에 누워

강물은 흐르고 바람은 불고
하늘은 흰 구름보다 더 높이 날던 날
내 그림자 물가에 온 종일 흔들렸나요

날마다 걷는다

나 열 살 때는
봄빛 내린 나뭇가지에
처음 맞는 새순처럼
첫 새벽을 깨웠다

나 서른 때는
부모님이 하였듯이
애들 낳아 키우며
여름 장맛비에 흠뻑 젖고
거친 바람에 흔들리면서도
돌담 밑 해바라기처럼
밝은 하늘 바라보았다

나 오십 때는
푸르러 지쳐가던 세상이
붉은 단풍으로 물들고
산과 들에 오곡이
가을처럼 가득하였다

나 일흔 때는
문풍지에 눈보라 몰아쳐

그림자 홀로 쳐다보며
하얗게 새우던 밤
새벽 아침이 온통
눈 속에 묻힌 걸 알았다

백색으로 묻힌 세상은
내가 가야 할 길을 덮어
이리저리 갈 곳이 없는데
푹푹 파묻힌 눈길 옆에도
작은 길 하나 있었다
내가 걸어왔던 길
갈 수 있는 길, 가야 하는 길
오늘도 길을 걷는다

봄, 여름, 가을, 겨울로 이어지는
누구든 가야 하는 여행길에
질긴 한세월을 살아온 나를
따뜻이 반기는 당신에게
나는 날마다 걷는다

맛집 기행

계룡산 끝자락
늙은 솔 나무 곁에는
여름밤 누런 꽃이 만든
알밤이 주렁주렁 걸렸네

거친 가시도 이불로 덮고
첫날처럼 세상에 나와
닭, 오리 보약재와 밤새우더니
붉은 아침 햇살로 쏟아졌네

누구나 한번 가면
백년손님 되는데
처가 씨암탉 먹고
천겁의 인연이네

알밤처럼 단단한 이곳에선
정이 이어져 사랑 머물고
날마다 온몸에 퍼지는
늙지 않는 보약이네

오곡백과와 산해진미
상차림 끝자락에
싱싱한 과일 후식은
아줌마 넘치는 웃음처럼
늘 가득 하였네

가난한 귀향

추운 이국땅에서 고향 노래 부르다가
흑백의 건반 위에서 춤추다 쓰러지며
음악에 울부짖던 어린 날의 종착지를
바람이 머무는 이곳에서 찾았으니
이제 돌아와 흙에서 들려오는
섬김의 메아리를 압니다

하늘과 마주한 산자락에서
금강 따라 피어나는 안개 그 구름 위에 앉아서
슬퍼지면 달을 보고 외로우면 별을 세고
추워지면 햇빛 받고 무서우면 강을 보면서
차츰 바람도 운다는 것을 압니다

봄이면 온 풀꽃이 춤추고
한여름 푸름에 지쳐 스러지면
뒤뜰 낙엽은 겨울을 덮는데
산 그림자 길게 드리운 밤이 되면
반짝이는 별들이 쏟아진 것이
내 조용한 울음인 것을 압니다

바람도 쉬어 가며 속삭이는 이곳에서
내 가난한 귀향이 행복임을 압니다

뚬벙

하늘에 구름이 나를 보는데
길옆에 나무가 손짓하고
물은 흘러가 바위를 돌고
긴 바위에 앉아서 작은 호수를 본다

사과를 한 입 베어 뱉으니
작은 개미들이 달려오고
쫓기던 잠자리도 다시 돌아와 앉는다

흐르던 나뭇잎이 소용돌이 치고
세상에 온갖 생명이 가득하고
풍뎅이가 뛰다가 물에 빠지고
나의 세상은 뚬벙 속에 있다

내가 걸어온 길은
세월이 가며 비바람에 더욱 굳어지고
소용돌이치는 물로 잠긴 궁전은
가둬 둘 수 없는 내 가슴이다

행복한 시인

이웃들이 모두 서커스 구경 갈 때 혼자 남은 아이처럼
모로 앉아 까치집을 바라보는 늙은 화가처럼
오랜 신도들에게 돌림 당한 암자 대처승처럼
한 번도 앞서 가지 못한
늙은 거북이어도 좋습니다

가을이 깊어지고 단풍잎이 떨어져
물에 가라앉고 혹은 물 따라 흘러가는 것처럼
가슴의 응어리는 나뭇잎처럼 떨어뜨려
가을바람에 날려 보내서 너무 좋습니다

사방이 막힌 텅 빈 방에서도
내 안에는 오직 사랑과 용서 가득하여
외로움을 견디는 일도 참 좋습니다

대청호수

푸른 나무 춤을 추고
먹구름이 어둠처럼 몰려오던 날
천둥처럼 쏟아지던 비가 달려왔지요

금강이 흐르다 이곳에 머물고
하늘은 흰 구름보다 더 높이 날던 날
내 그림자는 물속에 온종일 흔들렸지요

별이 쏟아진 물 위에
고단한 발 담그며 달을 보던 날
흐르던 세월 서러워 밤새워 울었어요

고단한 사람들은 대청호 둘레 길로 걸어오는데
바람은 물소리에 숨어 버리고 세상이 잠든 날
반짝이는 물의 궁전 날마다 여기 물가에서
충청의 빛나는 아침을 기다렸지요

할미꽃

할미꽃이 봄을 알리는데
살랑대는 수염이 예뻐
할범꽃이라 해야 하는데
등허리가 굽은 꽃송이는
온종일 구부려 일하시던 엄니다

비 오는 날에는 눈물 흘리는데
해가 뜨면 차마 보지 못하고
고운 얼굴을 땅 아래 그림자에 숨긴다

먼 옛날 파란 하늘 보고 싶다던
엄니 말소리가 들리는 듯한데
잠시 앉았던 나비가 엄니처럼 멀리 날아가
엄니 계신 세상으로 흩어진 허공을 보니
세상 얘기 궁금한 꽃잎이 귀를 열고 날아다닌다

할범을 기다리던 할미는
하얀 눈 소식을 듣지 못하고 풀숲에 쓰러졌는데
시리도록 슬픈 얘기를 봉우리에 감싸 안고
엄니 떠난 무덤가에 오래도록 서 있다

노란 손수건

처음엔 웃는 아기처럼
세상에 나왔구나

바람 부는 날에는 하늘 향해 푸른 깃발 흔들고
천둥 치면 떨고 번개 치면 눈 멀고
장대비 내리면 눈물로 옷이 젖다가도
밝은 햇살에는 활짝 웃는구나

너는 무거운 지구를 들어 올리며
비탈진 산마루에 노란 은행잎으로
언 땅 녹이는 이불로 깔아
다시 찾아올 봄을 기다리며 천년을 살아왔구나

푸름이 지쳐 산 그림자 길어지면
울던 매미도 내년에 온다며 떠났고
한여름 고독한 열매는 땅 위에 뒹굴고
마지막 한 잎 노란 손수건이 노을처럼 펄럭이구나

자연인이다

파란 하늘은 비단강에 흰 구름은 푸른 솔에 걸리고
빛나던 햇살이 비늘처럼 반짝이면
온종일 고단하여 저문산이 고요히 내려온다

하늘이 차오른 강가에서
푸른 소나무처럼 내 일생 푸르게 살았으니
이제 순백의 백로처럼 멀리 나는 꿈꾼다

봄바람 불다가도 가을 서리 내리는 청벽 강가에서
물처럼 흐르고 산처럼 고요한 푸른 솔 집
그렇게 오랜 세월 동안 집을 지었다

푸른 숲을 지나야 낙원이 펼쳐지리니
이곳을 건너가는 사람에만 비로소 문이 환히 열리고
처음처럼 먼 날처럼 해 뜨는 마을의 웃음이
꽃비처럼 내려오신다

바람에 누워

계룡산 삽재 언덕 아래
도덕봉, 금수봉 휘도는 수통골 자락에
한밭벌이 멀리 보이는 따뜻한 남향집은
가을 서리가 겨울을 몰아 올 때도
이곳에는 따뜻한 봄바람이 불어왔고
무성한 여름 내내 장대비에 젖으며
문명의 험한 세상을 잠재운
따뜻한 고향입니다

정겨운 이웃의 웃음이 가득한
충혼의 명당 터인 현충원 언덕을 따라
계곡에서 불어오는 푸른 솔향기 마시며
신나게 살아가는 이곳 마을 사람들은
파란 하늘 위로 떠가는 뭉게구름처럼
바람에 흔들리는 깃발을 달고 삽니다

새로운 천년
새날의 노래를 힘차게 부르며
안전하여 행복한 세상의 꿈을 싣고
강대한 조국을 흔들던 거친
바람도 눕습니다

대전의 달빛

파란 하늘이 대전천에 내려오면
흰 구름은 흘러가고
뜨거운 햇살 스러지면
계룡산 우산봉이 내려온다

바람 부는 세상은 온통 시끄러워
먹구름이 내려온 유성 거리가 빗물로 가득하고
하늘과 땅이 어둠에 묻혀도
너는 봄바람 가을서리처럼
오직 푸르게 살았다

빌딩 숲 거친 골목에
아파하는 사람들의 상처를
맨몸으로 싸매주는 너는
산처럼 우뚝 서서 눈물을 흘렸다

하얗게 뜬 달
잠든 이웃들을 밤새워 지키는 따뜻한 달빛
대전의 달빛 되어 온밤을 밝히는
그대 이름은 경찰이다

공원에서

한밭수목원에는 비둘기 떼가 사람사이로 몰려드는데
무심한 사람들은 종종걸음만 남기고
온종일 풀씨를 쫓다가 지친 새들은
흰 머리 할멈이 오시면
어미 새 따라 구구대며 둥그렇게 모여 든다

멀리서 봇짐처럼 지고 온 고운 곡식을
할멈은 아낌없이 새들에게 뿌리시고
엄니 따르는 어린 새들이 재롱 잔치를 벌이며
퍼덕대는 화음에 온종일 공원이 춤춘다

산 그림자가 어둠처럼 내려와 새들이 둥지 찾아 날아가 버리면
축 쳐진 할멈의 눈가에는 이슬이 내리시고
오늘밤도 고단한 걸음으로
허물어진 빈집 문을 여신다

산골 빈집

산들이 합창하는 골짜기엔 실개천 흐르고
하늘 향한 언덕마루에 천년의 마을이 있다

재 너머 개동이 여울내 순이도
달구지에 세간 싣고 도시로 떠나고
한가한 할망구들 마실가는 빨래터
그 옆에 고부랑 할아범이
담벼락에 기대어 햇살 받는다

동구 밖 장승이 꽈리 튼 만장엔
이 마을 전설이 볏가리로 세워졌고
어디선가 들개 떼 짖어 댈 때
텅 빈 지붕마다 주인 없는 호롱박이 매달린다

구부정한 노인네들 멀리 동구 밖
사람 기척에 놀라 쳐다본다

오월에는

오월은 빛나는 왕관을 두른 꽃잎
어린이, 어버이날이 펼쳐지는
가정의 달입니다

가정은
뿌리 같은 아버지와 잎새 같은 어머니
줄기 같은 형제들 모여
산들바람에 춤추고 비 오면 젖고
햇살에는 따뜻이 몸 말리고
사시사철 꽃피우고 열매 맺는 한 그루 나무
뿌리 깊어 잎새 무성하고
줄기 튼튼한 나무 아래 서면
어두운 밤도 두렵지 않습니다

오월에는
푸른 초원 위에 하얀 집을 짓고 그 위에 앉아
봄, 여름 피고 지는 꽃 잔치 보며
고달픈 날에도 새처럼 웃습니다

화석의 오후

구부정한 노인 부부가 단풍나무 아래
노란색채 얼룩진 벤치에서 늦은 점심 드시는데
붉은 단풍보다 더 빨간 떡볶이를 서로에게 내밀며
반짝이는 웃음이 따뜻한 햇살 속에 빛난다

파란 하늘을 쳐다보는 할아범의 눈망울엔
하얀 머리칼의 할멈 얼굴이 잠기고
살랑대는 가을바람은 챙 넓은 모자를 두드리는데
어디선가 모여든 비둘기 떼는
어르신들 발밑에서 흩어진 부스러기에 파닥이다가
나무 등걸을 넘어 무릎에도 앉아 구구 거린다

어느새 붉은 해가 서산마루에 걸리고
땅거미가 집에 가야 할 길을 재촉하지만
아주 오래 두 사람은 한마디 말없이
하늘과 나무 사이 가을이 남긴 낙엽과 새 떼를 보기만 한다

그날은 온종일 서로를 바라볼 뿐이었다

백합조개탕

하얀 거품이 뭉실 대는 백합조개탕을 앞에 두고
추운 날 바닷가 깊은 물에서 첨벙대며
하얗게 드러누운 조개 줍던 당신이 생각납니다

차운 북풍을 입김으로 녹이며
조개와 바지락이 가득찬 광주리를 머리에 이고
어둑한 새벽 경매어시장으로 내달리던 당신은
눈 싸라기 바람에 휘청 이고 얼어버린 도로에 비틀거리며
북적대는 시장인파에서 한 푼이라도 더 벌려다
구부러진 허리가 넘어져 버립니다

껍질을 까면 하얗게 드러나는 조갯살은
씹으면 씹을수록 깡마른 당신의 짠 눈물이 되어
스며드는 담백한 국물이
얼어버린 가슴을 적십니다

보글대는 냄비에서 풀어 헤진 백합조개는
온 세월 억세게 터져버린 당신의 손마디에 들려
하얀 백합꽃으로 피어났습니다

그냥

아기 손이 고사리보다 여리다
왜, 그냥

아기 얼굴이 꽃보다 예쁘다
왜, 그냥

엄마 손이 수세미보다 거칠다
왜, 날마다 설거지 때문이다

엄마 얼굴에 버짐이 피었다
왜, 날마다 아들 걱정 때문이다

나는 날마다 거울에 묻는다
왜, 얼굴에 주름이 생기냐고

거울은 말을 못하고 늙으신 엄니가 대신 말한다
빨리 죽어야지, 늙으면 죽어야 해

플로피 디스크

서랍을 정리하다 발견한 이십 년 된 플로피 디스크
표지에는 아들이 2000년 초등학교 때 쓴 일기라는데
어떻게 쓰였을까?

컴퓨터를 일찍 배운다고 일기장에 안 쓰고
책장보다 긴 흑백의 컴퓨터에 타이핑하고 저장하여
오래 보려고 십 평방 센티 플로피 디스크에 담아 놓았는데
읽어 볼 수 없을까?

단골 컴퓨터 가게에 물어보니
플로피 디스크를 보려면 컴퓨터박물관을 찾아보라는데
한 치 앞을 못 보게 되어 귀한 아기 일기를 버려야 할까?

차마 버리지 못한 플로피 디스크가
책장 여기저기서 고개를 내민다

물의 궁전

예쁜 꽃이 바위에 피어나고
붉은 강물에 비단 자락 수놓던 날
빛나는 아침 햇살 보셨나요

푸른 나무가 춤을 추어
먹구름이 어둠처럼 몰려오던 날
천둥처럼 쏟아지던 빗길을 달리셨나요

강물은 흐르고 바람은 불고
하늘은 흰 구름보다 더 높이 날던 날
내 그림자 물가에 온 종일 흔들렸나요

별이 쏟아진 강물에
고단한 발 담그며 달을 보던 날
잊은 세월 서러워 긴 밤을 우셨나요

고단한 사람들이 은은한 차향에 취한 날
바람은 물소리에 잠들고 세상이 잠들면
물의 궁전 아래 물안개로 누우면
빛나는 아침햇살이 분수처럼 쏟아질래요

커피는 사랑이다

따뜻한 봄볕이 커다란 유리창에 쏟아지고
커피나무 잎새가 진분홍 커피를 낳을 때
내 웃음처럼 찻잔에 내려앉은 커피는
햇살보다 더 빛납니다

아래로 쏟아지는 핑크빛 커피에 눈이 멀어
눈부신 당신을 볼 수 없고
내게서 날아간 나비가 당신위에 앉듯이
커피향이 날아가 입술을 적시면
하루 종일 행복합니다

천형天刑처럼

빨간 껍질이 예리하게 벗겨진 주홍감이
부끄러운 속살이 드러난 채
처마 아래 천형처럼 줄줄이 달렸다

오와 열 지어 벌서듯이 매달려
마지막 남은 물기가 다 말라
벌거벗은 몸에 새 옷을 입을 때까지
말없이 견뎌야 했다

차가운 바람이 문창을 때리면
먹거리가 귀한 그 시절엔
바이러스를 이긴 명약의 겨울 곶감이
엄마의 손에 들리곤 했다

꿈속에서도 고운 엄니가 내미신
오랫동안 매달려 하얗게 마른 곶감이
입을 녹이고 환청으로 맴돈다
"곶감 먹어야 고뿔 이긴다."

해설

심은석 시인의 『날마다 걷는다』 시세계

피기춘
(시인, 한국기독낭송협회장)

해설

심은석 시인의 『날마다 걷는다』 시세계

피기춘
(시인, 한국기독낭송협회장)

자연·생명·문화콘텐츠의 양상(樣相)과 서정(抒情)의 기도

심은석 시인의 시집 『날마다 걷는다』 출간을 축하하며 잠시 그의 시세계를 살펴본다. 영국의 시인 크리스천 로제트 "누가 바람을 보았나요./나는 바람을 볼 수는 없지만/창밖의 흔들리는 나뭇가지를 보고/바람이 지나가는 것을 알 수 있어요(바람)" 라고 노래하였다. 이처럼 시인은 눈으로 자연을 미세한 움직임을 관찰하고 느끼고 대화하고 자연을 소리를 들을 수 있는 것이 시인의 문학세계다. 시인은 동료시인들이 쓴 시를 많이 읽어야 하고 자연과 사물에 대한 남다른 애정을 가져야 한다. 촌철살인(寸鐵殺人)이라는 말이 있다. 이것은 굳이 해석하면 '짧은 칼로 사람을 죽일 수 있다.'는 뜻인데 시적으로 표현하자면 '짧은 문장으로 사람(독자)을 감동시킬 수 있다'는 의미를 가진다. 시는 함축된 언어 속에 많은 의미를 담고 있다. 그래서 프랑스의 시인 폴 발레리(1871~1945)는 "시는 백 줄의 산문을 한 줄로

압축한 것"이라고 했다.

심 시인의 시 세계는 마치 고향집의 따뜻한 안방에서 부모와 자녀들이 함께 모여 앉아 이야기를 나누는 그런 정겨움의 시요. 가식과 포장이 없는 투명하고 깨끗한 시다. 좋은 시란 독자가 공감하는 시이다. 좋은 시란 상식을 초월하는 시요. 그림과 같고 음악과 같이 리듬과 음률이 있는 시이다. 심은석 시인의 시가 바로 그런 시이다.

일반적으로 우리가 생각하기는 경찰관이라는 단어와 함께 떠오르는 것은 다소 경직된 자세와 표정, 그리고 상명하복(上命下服)의 생활 속에서 심성과 정신세계가 회색빛 직업인으로 속단하는 것이다. 하지만 심 시인의 작품 어디에서 그럼 점을 발견하지 못한다.

겨울은 춥지 않고/여름은 덥지 않고/당신은 천년 나무 입니다

–「천년 나무야」의 1연

나무 중에 가장 오래 사는 나무가 태백산이나 소백산, 지리산, 오대산 등 이런 고산지에 사는 주목(朱木)이다. 주목은 어쩌면 지상에서 가장 오래 사는 식물인지도 모른다. 흔히 주목을 살아 천 년, 죽어 천 년을 산다고 하나 실제로는 1만 년을 사는 주목이 있다고 하니 과연 장수의 상징이다. 이처럼 심시인은 한 그루의 나무를 보면서 오랜 질곡의 세월을 굳건히 극복해 갈 천 년의 생명을 이어가는 주목으로 노래하고 있다

심 시인은 자연의 시인이다. 특히 나무와 산을 예찬하고 대화하는 시가 많다. 〈나무 아래서〉, 〈나무가 벗는다〉, 〈한 그루 나무되어〉, 〈나무의 눈물〉, 〈나무처럼〉, 〈감나무 그림자〉, 〈은행나무〉, 〈나무가 생각 한다〉

이와 같이 나무에 관한 시를 많이 쓰는 것은 그만큼 심 시인의 정신과 마음이 자연과 하나가 되어 소통하고 있다는 것이다. 흐르는 물의 철학은 겸손이고 순종이다. 물은 절대로 위로 거슬러 올라가는 역행을 하지 않는 오직 아래로 흐를 뿐이다. 자신에게 주어진 길만 갈 뿐 순리를 역행하지 않는다. 심 시인은 이미 잘 알려져 있듯이 경찰대를 졸업하고 일선 경찰서장을 두루 역임하고 지방경찰청 과장 보직도 골고루 거친 34년 경력의 고참 경찰 지휘관이다. 하지만 그의 시에서는 이같이 권위적이고 명령적이거나 혹은 시어에 역행하는 단어들은 찾아볼 수 없다.

아빠 손을 잡으면 따뜻해요/아빠 손을 잡으면 부드러워요/아빠 손을 잡으면 사탕이 있어요/아빠 손을 잡으면 달리는 차가 서요/아빠 손을 잡으면 푸른산이 달려와요 가끔 아빠의 손을 놓치면/온 세상이 컴컴해요//꿈속에서도 아빠 손을 꼭 잡아요

–「암벽등반」의 전문

심 시인은 어린아이처럼 맑고 깨끗한 시심의 샘터를 가진 시인이다. 이 시는 참으로 아름다고 행복한 동시다. 든든한 아빠의 손을 꼭 잡은 모습이 어린아이의 모습이 선명하게 떠오른다. 요즘 우리 사회는 매우 냉소적이고 이기적이며 무엇보다 가정 파탄으로 상처받는 어린이들이 너무 많다. 매일 뉴스를 통하여 접하는 어린이 학대와 영아 유기, 또는 부모들의 무책임한 행동으로 어린이들이 사망소식이 들려올 때마다 무거운 죄책감을 느낀다. 심 시인의 〈아빠 손〉을 읽으면 세상이 온통 꽃비가 내리는 느낌이다. 이와 같이 심 시인의 시는 숨고르기와 행복한 언어의 집짓기를 한다. 자신의 내면인식의 형상화인 시 창작을, 즐겨 다룰 줄 아는 시격(詩格)의 소유자로 차분하고 나직한 언어로 가족의 소중함을 일깨워 주려고 진지한 삶의 자세를 겨냥하는 있는 실체이다.

외로워 힘들다며/저녁노을 산마루에서 어스름이 밀려올 때까지/같이 있어도 사무치는 눈물 흘리던 그 사람이다//먼 훗날 노년을 준비하며/스멀대는 호수에서 물안개를/살포시 걷어내 주실 그 사람이다//아침 햇살은 아기 얼굴처럼 빛나고/노을은 풀어진 머리칼처럼 간절하게 다가오고/밤이 깊어가도 잠 못 드는 달님은/내 그리운 그 사람이다

–「그리운 사람아」의 전문

눈물은 인간이 지닌 그 어떤 것보다 더 값진 청정(清淨)한 진주와 보석이며 신(神)이 허락한 축복이다.

나는 눈물이 없는 사람을 사랑하지 않는다/나는 눈물을 사랑하지 않는 사람을 사랑하지 않는다/나는 한 방울 눈물이 된 사람을 사랑한다/기쁨도 눈물이 없으면 기쁨이 아니다/사랑도 눈물 없는 사랑이 어디 있는가/나는 그늘에 앉아/다른 사람의 눈물을 닦아주는 사람의 모습은/그 얼마나 고요한 아름다움인가

–정호승의 「내가 사랑하는 당신」의 2연

이렇듯 눈물은 인간이 표출하는 가장 정직한 액체요. 감성의 결정체이다. 겟세마네 동산에서 예수 그리스도가 흘린 그 뜨거운 눈물, 사랑하던 제자 안회(顔回)의 죽음을 가슴 아파하며 흘리던 공자의 눈물, 죽음의 그림자를 보고 흘리던 알렉산더 대왕의 눈물, 혹은 가족이나 또는 사랑하던 이의 죽음 앞에서 흘리는 눈물, 또는 한 평생 자식들을 위해 흘리진 어머니의 자애로운 눈물이야 말로 값진 것임에 틀림이 없다.

심 시인은 〈그리운 사람아〉에서 "같이 있어도 사무치는 눈물 흘리는 사람이다"고 노래했듯, 심 시인의 인성과 시심은 너무 따뜻하고 감동적이며 눈물이 많은 사람임에는 틀림이 없다. 그래서 시를 쓰는 것이다. 34년이라는 긴 세월을 경찰제복을 입고 살아왔지만 그의 내면은 항시 여명의 햇살과 샘물 같은 생명수가 넘쳐나는 정신세계는 너무 눈물겹도록 아름답고 푸르다.

이 땅의 찢긴 아픔이/눈물처럼 내리는 비 오는 날에도/

이름 모를 풀꽃은 피어나고/자유와 평화를 외치는 햇살 쏟아지면/어느 날엔 이 땅 온통 꽃밭 되리니/그래 70여 성상 피맺힌 절규/한민족 한겨레의 응어리진 가슴을/충혼의 바람으로 흩날리게 해 주셔요

–「내 조국, 내 나라」의 마지막 연

'예술에는 국경이 없지만, 예술가에게는 조국이 있다.'는 말처럼 심 시인은 역시 경찰공무원이고 충직한 공직자다. 우리는 과거 36년이라는 긴 세월을 일제 강점기의 억압에서 박으며 조국 광복을 맞았지만 결국 남북은 미국과 소련의 통치하에 결국 남과 북은 각자 분단의 정부가 수립된다.

곧이어 한국전쟁으로 같은 동포요, 내 부모형제가 서로 총칼을 겨루어 죽이고 죽이는 비극의 3년 전쟁이 끝나고 휴전협정이 체결 된지 70여 년이 지나고 있다.

심 시인은 우리가 처한 분단의 현실을 가슴 아파하면서 한반도에 속히 평화통일의 날이 속히 와서 한라산에서 백두산까지 삼천리 산마다 들마다 이름 모를 야생화가 피어나고 대한의 부모형제가 하나 되어 서로 손을 잡고 자유와 평화의 노래를 부를 날을 소망하고 있다.

이사 가던 날 셋 방 집에는/바퀴벌레와 개미들이 허락 없이 먼저 살고 있는데/너희들 돈 한 푼도 안 내고 이럴 수 있냐고/화나서 소리 질렀지만/전세는 사람 일이라고 대꾸도 안한다//가고 싶으면 가고 오고 싶으면 오고/하

늘 아래 어디든 지네 집이라는데/무법자인 바퀴벌레,
개미와 언제까지 살아야 하느냐고/세상이 왜이래, 벌레
보다 못하다며/아내는 밤새 울었다

—「셋방살이」의 3, 4연

수많은 직업 중 이사를 가장 많이 다니는 직업이 군인이고 다음이 경찰이 아닌가 싶다. 아마 심 시인도 이사를 자주 다닌 모양이다. 집 없는 설움은 겪어 본 사람만 아는 약자의 고통이다. 예전에는 대부분 단 칸 방에 가족들이 옹기종기 셋방살이를 했다. 이 시의 내용처럼 겨우 가구 몇 점 들여놓고 살만한 집이면 어김없이 쥐가 왔다 갔다 하고 바퀴벌레와 개미들이 함께 공존하고 살았다. 심 시인은 셋방살이의 추억을 마치 성경에 나오는 '선한 마리아'같은 느낌을 준다. 다소 코믹한 부분이 있으나 작은 벌레조차 함께 보듬어 가는 심 시인의 성직자 같은 자비와 은혜가 엿보인다.

시인은 정신작업의 종사자다. 『적극적인 사고방식』의 저자 노만 빈센트 필은 "한순간 분노가 치솟아오를 때, 좋은 기억을 되돌리거나 감미로운 시를 떠올리면 마음에 평정을 회복할 수 있다."고 지적하였다.

21세기를 살아가는 우리는 전혀 예기치 못했던 코로나 19로 인하여 저마다 주어진 환경 속에서 수많은 불편함을 겪고 있고 또한 불안과 공포를 느끼며 살아가고 있다.

이런 위기에 환경에서 마음과 정신이 위로 받고 치유될 수 있는 것이 바로 감동적인 시 한 편일 것이다. 엔도르핀보다 4천배의 효력을 갖는 것이 다이돌핀이다. 다이돌핀은 가장 감동적인 순간을 접할 때 발생한다. 그리운 사람을 만났거나 아름다운 경치에 감탄할 때, 혹은 미술 작품을 보고 감동할 때 등이다. 한 줄의 어록이나 한 편의 시에서도 우리는 다이돌핀을 얻는다.

신이시여!/봉사와 질서, 안전한 나라, 행복한 국민/하늘이 주신 신성한 소명을 늘 생각하여/두려움을 이길 강한 힘을 주소서//불의와 불법을 제압하는 힘과/갈등과 싸움을 잠재우는 지혜를/아픔과 눈물을 닦아주는 사랑으로/정성을 다하는 따뜻한 열정 채우소서

–「경찰관의 기도」의 1, 3연

플라톤은 그의 『국가론』에서 "인간은 자신을 위해 태어나는 것이 아니라 국가를 위해 태어났다,"고 역설했듯이 경찰이야말로 자신과 가정보다 국가를 먼저 생각하는 공무원이다. 봉사의 치안 서비스와 범죄 없는 도시를 만들어 가야하는 고독과 독백의 마음을 〈경찰관의 기도〉에서 잘 보여주고 있다.

경찰공원은 배명과 함께 경찰에 투신(投身)한다는 단어를 사용한다. 이처럼 경찰(警察)이라는 한자어가 주는 의미부터 다르다. 警(경계할 경), 察(살필 찰)은 주변을 경계하고 살피는 것이요. 투신(投身)이라는 한자어도 결국 국민의 생명을 보호하기 위해서는 자신을 던져 희생해서라도 국민을 먼저 구한다는 의이다. 우리는 가끔 언론을 통하여 이 같은 경찰관들의 눈부신 활약과 더 나아가 순직까지 하는 경찰관들의 소식을 접할 때 마다 경찰의 노고를 깊이 생각하게 된다. “봉사와 선한 일을 생각하거나 보기만 하여도 마음이 착해지고, 우리의 육신도 영향을 받아 질병을 이겨낼 수 있다.” 테레사 수녀의 효과처럼 그의 심성은 이미 다이돌핀을 생성하는 시적 치유의 감미로운 시의 샘물로 가득 차 있음을 발견한다. 모쪼록 심 시인도 남은 공직생활을 이 시의 내용처럼 언제나 정의롭고 불의와 타협하지 않은 올곧은 공직자로 경찰사(警察史)에 길이 남는 표징의 경찰로 굳게 서 주길 바란다.

까만 밤이 소리 없이 내려도/우리는 무섭지 않아요//어둠은 빛을 이기지 못하고/빛은 언제나 새벽처럼 와요//밤이 깊을수록 촛불이 더욱 빛나듯/그대 눈빛이 별보다 더 빛나는 것은/깊은 어둠이 그리움 키웠고/새벽은 햇살처럼 비치니까요

—「새벽은 온다」의 전문

세계적인 미국의 유명 MC 오프라 윈프리(Oprah, Winfiey, 1954. 1. 29~)는 “남보다 많이 소유했다는 것은 축복이 아니라 그것은 사명이다. 남보다 아픔을 많이 소유했다는 것은 고통이 아니라 그것은 사명이다. 남보다 꿈과 환상을 소유했다는 것은 위대함이 아니라 그것은 사명이다.” 그녀는 이처럼 항상 새벽이 밝아오는 희망을 노래했다. 그녀가 살아온 눈물겨운 인생사는 이제는 누구나 다 알고 있다. 새벽이 없다면 우리 인생은 절망 속에서 헤매고 있을 것이다. 심 시인은 새벽이라는 시를 통해 흑암의 세계를 환하기 밝히고 싶은 것이다. 절망과 좌절로 상처 입은 이들에게 희망의 불을 밝혀주고 싶은 것이다. 결코 포기하지 말고 다시 일어서서 자신의 미래를 향에 달려보라고 위로하고 격려하는 것이다.

영국의 수상을 역임한 윈스턴 처칠(1874~1965)은 세계적인 명문대학교 옥스퍼드 대학교의 졸업식 축사에서 벅찬 희망으로 졸업을 하는 젊은이들에게 "결코, 결코, 결코 포기하지 말라."는 유명한 강의를 했다.

'어둠이 아무리 내린다 해도 덮을 수 없는 것이 있다. 그것은 아침이다. 함박눈이 펑펑 온다 해도 덮을 수 없는 것이 있다. 그것은 봄이다. 절망이 아무리 어둡다 해도 덮을 수 없는 것이 있다. 그것은 희망이다.' 라는 글이 있듯이 '희망'이라는 단어는 우리 인생에 있어 가장 가치 있는 단어 중 하나이다. 시인의 사명은 항시 희망의 시를 쓰는 것이다.

맨발로 자란 어린 날이 애처로워/동방의 고요한 나라에 시집온 새댁은/동네 아줌마의 험담을 참으며/시댁의 폭언과 무시를 참으며/외양간의 소처럼 새벽같이 일했다

–「베트남 새댁」의 1연

가슴이 울컥해지는 시다. 몇 해 전, 베트남 공항에 '한국에 시집가지 말라'는 현수막까지 걸고 한국남성과 국제결혼을 하지 말라는 베트남 여성들의 시위 장면을 언론을 통해서 접한 적이 있다. 현대는 어느 나라든지 다문화국가이고 우리 주변에는 다문화가정을 쉽게 목격하게 된다. 심 시인은 "외양간의 소처럼 새벽같이 일했다."는 표현으로 베트남 새댁이 우리나라에 시집와서 겪고 있는 참담한 현실을 고발하고 있다.

지금 국내체류 외국인이 350만 명에 이르고 다문화가정은 30만 가구에 이른다. 결론은 세계인은 한 가정이라는 생각을 해야 한다. 약소국가의 여성들을 사랑해서 아내를 삼아 국제결혼으로 가정을 이뤘으면 끝까지 사랑으로 책임을 져야한다, 〈베트남 새댁〉은 베트남이나 필리핀, 혹은 그 외 우리나라보다 경제적으로 후진국 여성들을 아내로 맞이하여 살아가는 남성들과 그 가족들에게는 물론 우리 모두에게 크게 반성하라는 무거운 경고다.

산들이 합창하는 골짜기엔 실개천 흐르고/하늘 향한 언덕마루에 천년의 마을이 있다/재 너머 개똥이 여울내 순이도/달구지에 세간 싣고 도회지로 떠나고/한가한 할망구들 마실가는 빨래터/그 옆에 고부랑 할아범이/담벼락에 기대어 햇살 받는다//구부정한 노인네들 멀리 동구 밖/사람 기척에 놀라 처다 본다

–「산골 빈집」의 일부

오늘의 농촌현실을 안타까운 모습으로 그려 놓고 있다. 왠지 공허한 바람이 분다. 해가 갈수록 점점 늘어만 가는 빈집과 우리의 눈에서 사라져가는 내 고향 농촌의 모습이 애처롭게 그려진다. 이 시에는 고향에서 구순의 아버지가 지팡이를 짚고 마을 어귀에 나와 집 떠난 자식들을 기다리는 모습이 선하다. '신의 나라는 씨앗을 팔지 않는다.'는 탈무드 적 발상을 통해 내면 적 체감을 일상의 삶과 시대적 흐름에 편승하는 위기와 기교에 빠져 주제의 빈곤을 안고 있는 현상에서 나름대로 공간과 시간을 초월하면서 미적 주권의 확립을 위해 순수 서정의 시세계를 지향하는 심 시인의 정신적인 작업은, 현대를 살아가는 우리의 영혼을 〈산골 빈집〉에 견준 시격(詩格) 의 담백함 그리고 의미론적 순환의 통로를 걸쳐 소중한 서정적 그리운 씨앗을 우리 모두의 가슴에 심어주고 있다. '시인은 부러진 날개를 치유하고, 꿈의 날개를 달아주는 정신적 작업의 종사자이다.

영국의 시인 T. S 엘리엇(Eliot, 1888~1965)은 "문화적 유산을 소홀히 하는 국민은 야만해지고 문학을 낳지 못하는 국민은 사상과 감성의 활동을 낳지 못하는 국민이다.'라는 지적처럼 한 편의 시가 상상과 감정을 통한 재해석임은 재론할 필요가 없다.

"생명의 언어와 맑은 영혼의 안식"과 상처받은 이들의 슬픈 영혼을 치유하기 위하여 불행과 증오, 그리고 고통과 불행이 자리한 삶의 처소에서 일관된 선함과 지혜로움으로 지성의 칼날 번뜩이는 새로운 비전을 펼쳐 보이며, 역사인식의 확장을 위해 영혼의 닻줄을 움켜잡는 진정한 이 시대의 예언자적 시인으로 주어진 소임과 역할을 엄숙하게 수행할 시인으로 기대하며 심 시인의 시집 『날마다 걷는다』 출간을 축하한다.

시집을 축하하며

나태주
(한국시인협회 회장, 풀꽃문학관장)

시집 원고를 보았다. 전혀 경찰관 냄새가 나지 않았다.

한 선량한 소시민의 눈초리가 있다. 평범한 생활인의 모습이다.

전혀 권위적이거나 작위적인 것이 없다.

놀랍고 감사한 일이다. 이런 경찰관이 있다는 것은 우리의 축복이요 행운이다.

경찰의 기존 관념을 싹 씻고도 남음이 있다.

시편들 속에 선량한 한 남정네의 세상살이가 솔직하게 담겨 있다.

이런 아름다운 눈초리로 세상을 보면 세상이 아름답지 않을까?

어린 시절의 추억이 부형에 대한 추모의 마음으로 주변 사람들이나 사물에 대한 관심이 안쓰럽게 표출 되어 있다.

병천 오일장에 가신 어머니, 쟁기를 사 오신 아버지 , 필리핀 새댁, 외국인 노동자 광장의 할머니 평범하면서도 선하게 사는 우리 이웃이다.

그러나 죽은 강아지나 새끼 낳는 송아지 또한 우리와 더불어 사는 이웃 같은 가축이다.

이들에 대한 친애감과 관심은 그야말로 사랑이다.

시인의 마음으로 최상은 무엇보다도 공자님이 말씀하신 것처럼 인, 바로 측은지심이다. 측은지심이 심은석 시인의 시속에 잘 녹아 있다.

시인으로서 오래 성장하기를 기대한다.

그는 아직도 오일장에 가신 어머니를 기다리는 동구 밖에 서 있는 눈망울 큰 소년이다.

이런 사람이 일하고 있는 나라가 복되지 않겠는가? 오래 나부끼는 깃발로 높이 솟아 있거라.

그대를 보면서 편안히 살리니.

에필로그

차가운 땅 어두운 시간에 아름답게 빛나는 꽃 같은 혼

성명순
(시인, 경기문학회장)

시인에게 있어 시는 곧 그 시인이라는 말을 부정할 수는 없다. 시인의 시를 읽다 보면 그 등식을 새삼 확인하게 된다.

매연과 소음으로 가득한 도심 한복판에서
하얀 옷 검어질 때까지 사고와 무질서를 잠재우는

—「경찰의 기도」 중 일부

이 두 행으로 시인의 현 위치와 하는 일을 직감할 수 있다. 자칫 마음가짐이 강팍해 지기 쉽다. 하지만 그의 시는 그렇지 않다. 여느 사람보다도 여리고 따뜻하고 부드럽다. 그의 시 전편에 유난히 많이 흐르며 반짝이는 '눈물', '꽃', '나무' 같은 시어들이 그 증거라 하겠다. 그러면서 그의 시는 생명력으로 가득하다. 때로는 고요한 가운데 혹은 힘찬 동적 이미지로 다가오는 온갖 풀들과 꽃, 그리고 나무와 착한 동물들이 그러하다.

외로워 힘들다며
저녁노을 산마루에서 어스름이 밀려올 때까지
같이 있어도 사무치는 눈물 흘리는 사람이다

—「그리운 사람아」 중 일부

누군가에게 진정한 위로란 '같이 하면서 사무치는 눈물'을 함께 나눔일 것이다. 그의 시 속에 면면히 흐르는 따뜻한 시심이 많은 이에게 위로가 되리라 믿어 의심치 않다.

날마다 걷는다

심은석 지음

발 행 처 · 도서출판 청어
발 행 인 · 이영철
영　　업 · 이동호
홍　　보 · 천성래
기　　획 · 남기환
편　　집 · 방세화
디 자 인 · 이수빈 | 김영은
제작이사 · 공병한
인　　쇄 · 두리터

등　　록 · 1999년 5월 3일
(제1999-000063호)

1판 1쇄 발행 · 2021년 4월 25일

주소 · 서울특별시 서초구 남부순환로 364길 8-15 동일빌딩 2층
대표전화 · 02-586-0477
팩시밀리 · 0303-0942-0478

홈페이지 · www.chungeobook.com
E-mail · ppi20@hanmail.net
ISBN · 979-11-5860-928-3(03810)